THOMAS KLAPPSTEIN

Wunderkind

Neue kleine Geschichten zum großen Fest

AF235362

THOMAS KLAPPSTEIN (HG.)

Wunderkind

Neue kleine Geschichten zum großen Fest

von

Thomas Lardon, Albrecht Gralle, Fabian Vogt, Christina Brudereck,
Miriam Küllmer-Vogt, Rainer Buck, Christian Döring,
Frank Bonkowski, Gofi Müller, Mickey Wiese, Thomas Klappstein

ThoKla-Xmas-EDITION

Bibliografische Information der Deutschen Nationalbibliothek:
Die Deutsche Nationalbibliothek verzeichnet diese Publikation
In der Deutschen Nationalbibliografie; detaillierte bibliografische
Daten sind im Internet unter dnb.dnb.de abrufbar

Impressum:
Alle Rechte vorbehalten
© 2023 Thomas Klappstein
Coveridee und Coverbasisvorlage: Thomas Klappstein
Einbandgestaltung Umsetzung: Silja Dreyer (DREYER DESIGN)
Satz und Satzgestaltung: Silja Dreyer
Dieses Cover wurde mit Ressourcen von Freepik.com erstellt

Folgende Geschichten sind mit freundlicher Genehmigung
der Autorinnen und Autoren erschienen, die ihre Geschichten
auf Anfrage des Herausgebers für die (Erst-)Veröffentlichung in
diesem Buch geschrieben bzw. neu überarbeitet haben (Letzteres
betrifft die Geschichten von Thomas Lardon und Gofi Müller):
Die Weihnachtsfrau (Albrecht Gralle)
Ho Ho Mistletoe (Fabian Vogt)
Der runde Geburtstag (Thomas Lardon)
Celestine und Pia (Christina Brudereck)
Opa, steh auf (Miriam Küllmer-Vogt)
Draußen bleiben (Frank Bonkowski)
Joyce (Rainer Buck)
Omas Wunderkind (Christian Döring)
Weihnachten in der Sporthalle (Mickey Wiese)
Timmy & Jimmy feiern Weihnachten (Gofi Müller)
Alle oben genannten Geschichten nicht exklusiv.

Herstellung und Verlag: BoD – Books on Demand, Norderstedt 2023
ISBN: 978-3-7578-2373-3

Auch als eBook erhältlich

Inhalt

Geleitwort

Willkommen liebe Leserin, lieber Leser!

Willkommen zur Lektüre von „Wunderkind", mit neuen Geschichten zum altbekannten Fest. Denn Weihnachten wird's wieder. Aber sind Sie bereits in Weihnachtsstimmung oder zumindest schon mal in Adventsstimmung? Wenn ja, werden Sie von den Geschichten dieses Buches hoffentlich in dieser besonderen Stimmungslage unterstützt. Wenn (noch) nicht, bringen Sie die Geschichten hoffentlich in diese besondere Stimmung. Auch wenn es keine alltäglichen und 08/15 Geschichten zur wundersamsten Zeit des Jahres sind. Aber Geschichten, die es in sich haben. Von Autorinnen und Autoren, die diese besondere Zeit des Advents und Weihnachten einfach lieben, obwohl die manchmal durchaus herausfordernd sein kann. So wie auch einige der Geschichten in diesem Buch.

„Wunderkind" z. B., die Geschichte, die auch den Titel für dieses Buch geliefert hat. Sie basiert auf einem wahren Ereignis. „Gaby" hat mir davon berichtet. Von ihrem dramatischen Weihnachtsfest vor einigen Jahren, das ihr letztes hätte sein können. Ich habe versucht eine Geschichte, eine Erzählung daraus zu machen. Aber auch andere Geschichten, in denen „Wunderkinder" – mal älter, mal jünger – eine Rolle spielen. Wenn vielleicht auch nicht vordergründig als Wunderkind. Wie z. B. „Opa, steh auf!", in der eine beginnende Demenzerkrankung thematisiert wird, die im Advent erstmals wahrgenommen wird. Durchaus mit einer gut dosierten Prise Humor gewürzt.

Und letztlich würde es das Weihnachtsfest gar nicht geben, würden Sie und ich gar nicht feiern und sich Gedanken um entsprechende Stimmungen machen, wenn nicht an diesem einen „Ur-Weihnachtsfest" vor mittlerweile mehr als 2000 Jahren, dieses eine ganz besondere Wunderkind in die Weltgeschichte eingetreten wäre, an dem sich seitdem sogar die Weltgeschichtsschreibung orientiert. Der Schöpfer wurde Geschöpf. Dieses Fest und das damit verbundene Gedenken an das Ereignis der Menschwerdung Gottes fasziniert und polarisiert auch manchmal. In dem Baby Jesus und seiner weiteren Entwicklung begibt sich Gott in den Entwicklungsprozeß der Menschwerdung, macht seine Erfahrungen und gibt diese Erfahrungen und Erkenntnisse in weisen Worten und Handlungsanweisungen weiter. Die man in den Texten und Aufzeichnungen rund um die Uhrweihnachtsgeschichte lesen kann. Im Lukas-Evangelium des Neuen Testamentes der Bibel z. B..

Dass diese Wundernacht von Weihnachten bis in die heutige Zeit Auswirkungen hat und was das jedes Jahr neu bedeuten kann und manchmal leider auch nicht bedeuten kann, davon handeln die Geschichten dieses neuen Buches zur Weihnachtswunderzeit. Zu vielen neuen Geschichten – humorvolle, impulsgebende und nachdenklich machende – wurden u. a. einige bewährte Autorinnen und Autoren der 7bändigen „Weihnachtswundernacht"-Buchreihe, die von mir im Brendow-Verlag von 2012 bis

2018 herausgegeben wurde, für dieses vorliegende Buch inspiriert. Dass diese neuen Geschichten tatsächlich in diesem Buch veröffentlicht werden, ist eigentlich auch ein kleines Wunder. Denn ursprünglich sollten sie bereits im Jahr davor bei Brendow erscheinen. In einem Herausgebertitel von mir. Es war alles fertig, druckfertig und dann gab es leider doch Probleme, weil es Probleme in der Muttergesellschaft gab, zu der der Brendow Verlag seit einigen Jahren gehörte. Im letzten Moment wurde die Veröffentlichung gestoppt. Große Enttäuschung. Aber die Zusage und das Versprechen gegeben: im nächsten Jahr wird es auf jeden Fall veröffentlicht. Bereits im Januar zeichnete sich eine weitere Enttäuschung ab...

Da mich die Geschichten wirklich gepackt haben, die die Autorinnen und Autoren ja erst auf meine Anfrage hin geschrieben haben, wurde mein „verlegerisches Interesse" geweckt, obwohl ich gar kein Verleger bin. Es wäre schade gewesen, wenn Ihnen, die Sie diese Zeilen jetzt lesen, die Geschichten, von deren Qualität ich überzeugt bin, noch länger verborgen geblieben wären. Und so habe ich mich entschlossen, eigeninitiativ und mit einem kalkulierbaren Risiko dieses Buch im BoD-Verlag zu veröffentlichen. Vorher noch über Angelika Heyers, die engagierte Hauptverlagsmitarbeiterin und immer eine gute und verlässliche Ansprechpartnerin im Brendow Verlag, abklären lassen, daß das auch alles so in Ordnung ist (Seit diesem Sommer ist sie in ihrem beruflichen Ruhestand – alles Gute für diese neue Lebensstrecke, liebe Angelika, und Dank für die vielen guten Jahre publizistischen Begleitens!). Dank an alle Autorinnen und Autoren, die ihre Schreibkreati-

vität aktiviert haben, Herz- und Tintenblut haben fließen lassen, ihre Texte weiterhin zur Verfügung gestellt haben und so „WUNDERKIND" möglich gemacht haben. Ein paar neue sind sogar noch dazu gekommen. Was mich sehr freut. Und eine bewährte und beliebte Geschichten aus dem 1. Band der Weihnachtswundernacht-Reihe, Christina Bruderecks „Was soll einmal werden", habe ich ebenfalls nochmal mit in diese Anthologie aufgenommen. Für mich hat sie einen „Kultstatus". Dank auch an Silja Dreyer, die frühere Grafikerin bei Brendow, die jetzt woanders beruflich ihre Kreativität einbringt, z. T. noch freiberuflich aktiv ist und mich bei der Umsetzung dieses Projektes sehr unterstützt hat. Wie auch schon bei anderen. Schön, daß es immer wieder so unkompliziert möglich ist.

Daß die Veröffentlichung nun über den BoD-Verlag möglich ist, ist wirklich erfreulich. Man sorgt sich hier wirklich um fast alles. Und wenn man will, kann man das Buch überall auf der Welt bekommen. Nur die Vertriebsschiene für den Buchhandel ist bei BoD nur bedingt ausgebaut. Gehört halt nicht zum Geschäftsmodell. Für die Presse- und Öffentlichkeitsarbeit muß man selber sorgen. Aber wenn man hier rege ist, gibt's durchaus echten Support durch die BoD-VerlagsmitarbeiterInnen. Da habe ich schon gute Erfahrungen gemacht. Und es gilt auch für mich, was Thomas Lardon, der schon so lange kreativ und verlegerisch unterwegs ist, mit dem ich aber das erste Mal zusammenarbeite und der eine sehr schöne „Liebesgeschichte" beigesteuert hat, in seinem (Privat-)Buch „STEH DEINEN TRÄUMEN NICHT IM WEG", das man nicht im Handel kaufen kann, schreibt: „... Weil ich daran glaube, das Bücher auch ohne Marketingstrategie zu ihren LeserInnen finden. Und bestenfalls dort ankommen ... Auf welchem Weg Sie dieses Buch auch erhalten haben: Es ... gehört Ihnen! ... ich freue mich über eine weite Verbreitung." Darüber freue ich mich auch für das WUNDERKIND, das man allerdings im Handel kaufen kann. Stationär oder online.

Und zuletzt, auch für die so unterschiedlichen Geschichten dieses Buches gilt: Es kann sein, dass einen eine Geschichte einmal nicht so sehr berührt oder erreicht. Dafür geht einem anderen Menschen genau bei dieser Geschichte gerade ein Licht auf, das er schon lange ersehnte und das ihn auf seinem Weg stärkt. Oder er findet sie einfach nur schön oder sie erheitert ihn. Und auch umgekehrt.

Den Leserinnen und Lesern wünsche ich bei der Lektüre interessante und anregende literarische Begegnungen zwischen diesen Buchdeckeln. Gesegnete Adventstage und -wochen, ein echtes „Weihnachten wird's wieder - WUNDERKIND - Feeling" und jedes Jahr mindestens ein echtes Weihnachtswunder. Gerne auch einmal mitten im Jahr.

HERZLICHST
THOMAS KLAPPSTEIN, IM SPÄTSOMMER 2023

Wunderkind

„Hallo Wunderkind!" waren die ersten Worte, die sie vernahm, als sie die Augen aufschlug. Es war taghell. Eigentlich mehr als das. Auf jeden Fall zu hell für sie. Zu hell für Gaby. Die Sonne schien ihr aber nicht ins Gesicht. Sie befand sich in einem Raum, in dem alles zu friepen und piepsen schien. Unmögliche Geräusche drangen in Dauerschleife in ihr Ohr. In unangenehmer Frequenz. Was machte sie hier? Gerade hatte sie noch doch noch mit ihrer Familie den Heiligen Abend gefeiert und wollte am Vormittag des 1.Weihnachtstages zusammen mit ihrer Tochter Lisa den Tisch dekorieren für das Essen mit den eingeladenen Gästen. Und jetzt lag sie hier im Bett, in einem viel zu hellen Raum, mit einer nervigen Geräuschkulisse. Als sie erfuhr, dass bereits der 26.Dezember war, meinte sie nur etwas benommen: Ich muß doch morgen wieder arbeiten...".

„Wunderkind, du mußt erstmal gar nichts. Auf deiner Arbeitsstelle müssen sie die nächste Zeit eine Weile ohne dich klar kommen". Der junge Mann in weißer Kleidung lächelte sie milde an. Mirko, so sein Name, den sie allerdings erst später erfuhr.

Gaby hatte keine Ahnung, was sie hier machte, wie sie hierhergekommen war.

Was wirklich passiert war die letzten fast zwei Tage. Am 24. Dezember, am Heiligen Abend des Jahres 2019, hatte sie mit Gerd, ihrem Mann, mit Lisa, ihrer erwachsenen Tochter und Gretel, ihrer Schwiegermutter doch noch so schön zusammengesessen und ihr selbst zubereitetes Heiligabendmenü genossen, in dem von Gerd zur Partyhütte umgebauten kleinen Holzhaus im Garten. Der Kamin spendete wohlige Wärme. Sie hatten sich gefreut über die liebevoll ausgesuchten Geschenke, die sie sich gegenseitig gemacht haben. Am 1. Weihnachtstag wollte sie mit ihrer Tochter Lisa, die bei ihnen übernachtet hatte, das Esszimmer dekorieren, weil sie Gäste eingeladen hatten. Die Schwägerin und der Schwager sollten kommen. Gerd, der in einem großen Betrieb arbeitet, dessen Maschinen auch an Weihnachten laufen müssen, hatte Frühschicht.

Nach einem schönen und entspannten Weihnachtsmorgenfrühstück mit Lisa wollten sie mit dem Dekorieren noch nicht gleich loslegen, sondern schauten sich erstmal einen der vielen Weihnachtsfilme an, die an diesen Tagen klassischerweise im Fernsehen liefen. So wie früher, als Lisa noch klein war. Ganz entspannt. Im Jogging-Anzug. Nur Mutter und Tochter. Zeit war genug.

Nach dem Film ging Lisa ins Bad zum Duschen, später dann wollten sie gemeinsam loslegen. Gaby blieb noch langgestreckt und relaxt auf der Couch liegen, als sie im Kopf auf einmal einen Schmerz verspürte, den sie in so einer Intensität noch nie erlebt hatte. Als ob ein Bus durch ihren Kopf fahren wollte, der aber nicht vorankam, stattdessen ständig gegen die Schädelwand fuhr. Ein Hammer-Vernichtungsschmerz, der sie einfach nur denken ließ: Laß mich sterben! Irgendwie gelang es ihr aufzustehen und in ihr Zimmer zu gehen, in dem sich ihre Kleidung befand. Hier ging dann aber nichts mehr. Gaby brach vor Schmerzen zusammen.

Das war das letzte, an das sie sich erinnerte, bevor sie an diesem unwirklich hellen Ort die Augen wieder öffnete und von dem jungen Mann in weißer Kleidung mit „Hallo Wunderkind!" begrüßt wurde. Gut sah er ja aus, der Mirko.

Was war in der Zwischenzeit passiert? Und warum wurde sie von Mirko mit „Wunderkind" begrüßt? Ihr fehlten fast zwei Tage ihrer Erinnerung. Was passiert war, mußte ihr behutsam erzählt werden. Dass ihre Schwiegermutter Gretel, kurz nachdem Gaby zusammengebrochen war, nichtsahnend durch die Terrassentür kam, die meist nicht verschlossen war, wenn Gaby zuhause war. Und dann fand Gretel Gaby regungslos auf dem Boden liegend. Auf der anderen Seite des Flurs war Lisa noch unüberhörbar in der Dusche. Das Wasser lief noch. Gretel rief sofort nach Lisa und wählte die Notrufnummer 112, um einen Rettungswagen kommen zu lassen. Der Rettungswagen brachte die bewußtlose Gaby in das St.Josef-Krankenhaus nach Moers, in die fast hoffnungslos überfüllte Notaufnahme. Da man annahm, dass sie irgendein Kreislaufproblem hatte, wurde sie erst einmal abgelegt und liegengelassen. Es gab vermeintlich akutere Notfälle. Lisa und Gretel waren die ganze Zeit bei ihr. Nach drei Stunden schließlich verlangte Lisa ein sofortiges CT, da der Zustand ihrer Mutter sich nicht entspannte. Inzwischen war auch Gerd im Krankenhaus eingetroffen und dachte erstmal: Das sieht hier ja aus wie im Krieg. Soviel Menschen mit auch offensichtlichen Verletzungen lagen hier rum. Es herrschte Chaos an diesem 1.Weihnachtstag 2019 in der völlig überfüllten Notaufnahme des Krankenhauses. Aber zumindest wurde Gaby jetzt versorgt. CT-Röhre auf, Gaby rein, Knopf ein, Knopf aus, Gaby wieder raus. Dann kam der dramatische Teil.

Gaby wurde rausgetragen und die Krankenschwester bestimmte erst einmal: „Bleiben Sie hier stehen". Ein wenig später kam sie zu Gerd und Lisa: „Der Arzt will Sie sprechen". Gerd, mit dem Gaby zu dem Zeitpunkt erst seit 1 ½ Jahren verheiratet war, stand zu diesem Zeitpunkt wie apathisch im Raum. Ihm wurde schon mal vorsichtshalber Gabys Ehering übergeben.

Dann zeigte einer der diensthabenden Ärzte Gerd und Lisa die CT-Aufnahme von Gabys Kopf und erklärte: „Alles was Sie hier auf dem Bild weiß sehen, ist eigentlich rot. Es ist Blut, das sich in ihrem Kopf ausbreitet hat und nicht abfließen kann". Sie hätten die Bilder schon auf elektronischem Weg nach Essen ins Uniklinikum und in die Wedau-Kliniken nach Duisburg geschickt. Im schlimmsten Falle sei es ein geplatztes Aneurysma, so der Mediziner. Dann müsse sofort operiert werden. In dem Moment, als er es aussprach, klingelte sein Telefon. Und Lisa und Gerd hörten den Arzt nur sagen: „Alles klar, wir schicken sie sofort los". Am anderen Ende der Telefonleitung war das Wedau-Klinikum in Duisburg, das unter anderem auf solche Fälle spezialisiert ist.

Ein Rettungswagen wurde geordert, Gaby im St. Joseph noch für den Transport stabilisiert um sie auf eine sofortige Operation in Duisburg vorzubereiten, die nachher 3 ½ Stunden dauern sollte.

Die Besatzung des Krankentransportwagens erklärte Gabys Ehemann und Tochter noch: „Wir bringen sie jetzt nach Duisburg. Sie können hinterher fahren, aber denken sie daran, wir haben Sonderrecht." Was soviel bedeutete, wenn die Ampel Rot zeigt, muß Gerd halten. Trotzdem waren Gerd und Lisa vor Gaby in Duisburg am Klinikum. Als Gerd später mal dazu befragt wurde, wie das denn hätte kommen können, meinte er nur lapidar: „Weil ich einen AMG-Mercedes habe".

Die Operation am 1. Weihnachtstag verlief gut. Und als Gerd und Lisa am nächsten Tag, am 26. Dezember, dem 2. Weihnachtstag 2019 in das Duisburger Krankenhaus kamen, meinte eine der Krankenschwestern nur zu den beiden: „Gut, daß sie da sind! Ihre Ehefrau und Mutter dreht durch." Gaby wußte bis dahin einfach von nichts, hatte einen völligen Blackout und wollte erst einmal mit keinem reden. Außerdem war alles viel zu hell und zu laut. Der Kopf brummte immer noch. Die Kopfschmerzen hatten sich deutlich reduziert, waren aber noch da. Gaby hatte mehrere Fragezeichen in ihren Augen, als sie Gerd und Lisa erblickte. Auch Mirko stand neben ihnen, der Pfleger, der sie kurz nach ihrem Aufwachen mit „Hallo Wunderkind!" begrüßt hatte. In diesem Moment zeigte Gerd ihr den Ehering, den er im Moerser Krankenhaus schon mal vorsichtshalber in die Hand gedrückt bekommen hatte. Von Gerd und Lisa akzeptierte sie auch erste Erklärungen zu ihrer Situation und zu dem, was passiert war. So ganz konnte sie immer noch nicht fassen, dass sie wohl wirklich in die Kategorie „Wunderkind" einzusortieren gehörte. Ja, dass es einem Wunder gleichkam, nach einem geplatzten Aneurysma in dieser Verfassung hier wieder aufzuwachen.

Noch aber haderte Gaby mit der Situation, in der sie sich befand, als sie wieder bei Bewußtsein war. Nahm sie trotzdem fast auch ein bisschen mit Humor, mit „Galgenhumor". Sie neigte dazu, Dinge und Situationen gerne mit einem Spruch zu kommentieren, manchmal auch ein wenig ins Komische zu ziehen. Damit kam sie bisher immer ganz gut durchs Leben. Obwohl das hier gar nicht komisch war.

Aber hell war es, viel zu hell. Und wenn Visite war, wurde immer noch mehr Licht angemacht. In der ihr typischen Art dachte Gaby, dass die, gemeint war das medizinische Personal, einfach immer Möglichkeiten fanden, es noch heller zu machen. Und sie sinnierte darüber, wo sie die zusätzlichen Schalter herholten um es noch heller zu machen. Da die Kopfschmerzen nur langsam wichen, brabbelte Gaby in sich hinein: „Der nächste, der Licht anmacht, den bringe ich um".

Nach drei Tagen brachte Gerd ihr schließlich eine Sonnenbrille mit und setzte sie ihr auf. Als sie daraufhin bei der nächsten Visite gefragt wurde: „Warum haben Sie eine Sonnenbrille auf?", antwortete Gaby nur lapidar: „Warum machen Sie soviel Licht an?". Und bekam ebenfalls die lapidare Antwort: „Weil das hier eine Intensivstation ist." Das rückte die Verhältnisse zunächst einmal wieder zurecht.

Und mit der Sonnenbrille war es ja jetzt auch etwas erträglicher.

Trotzdem gefiel Gaby, die bisher in ihrem Leben immer irgendwie alles im Griff zu haben schien und es auch gewohnt war, Dinge zu lenken, ihre Situation überhaupt nicht. Auch Geduld, die jetzt von Nöten war, gehörte nicht wirklich zu ihren Tugenden. Natürlich fühlte sie sich auch ständig den Kopf, besonders die Stelle, wo der Verband die noch frische OP-Narbe verdeckte und spürbar ein paar Haare fehlten. Als sie bei einem der Besuche ihrer Tochter einen Spiegel forderte, sagte diese nur: „Du siehst kacke aus, aber das mußt Du Dir nicht auch noch im Spiegel ansehen".

Als ihr persönlicher „Wunderkind-Pfleger" Mirko das nächste Mal Dienst hatte und sie wieder mit „Na Wunderkind" begrüßte, wollte sie es doch wissen: „Warum sagen Sie immer Wunderkind zu mir?". Und bekam zur Antwort: „Wir haben mehrere wie Sie hier. Aber mit denen kann man nicht reden" Und dann wurde ihr auch mitgeteilt:

„An dem, was Sie erlebt haben, sterben 50 % der Menschen sofort, 40 % haben bleibende Schäden und bei dem Rest ist es häufig auch noch schwierig. Dauert es auf jeden Fall noch deutlich länger bis man wieder so drauf ist, wie Sie es jetzt schon sind. Da kann man schon von einem Wunderkind sprechen.". Diese Antwort ließ Gaby dann doch erst einmal verstummen und etwas nachdenklicher werden.

Aber sie fand auch bald wieder zu ihrer manchmal etwas vordergründigen Leichtigkeit zurück, die sie herausfordernde Situationen nach ihrem Empfinden leichter bewältigen ließ. Auf jeden Fall war sie noch auf der Intensivstation und normal war noch gar nichts. Auch Tagesabläufe gerieten immer noch durcheinander.

Sie schlief viel. Was eigentlich gut war. Aber auch immer wieder für humorvolle Situationen auf der Station sorgte. Gegessen hatte sie zunächst ohnehin nicht viel. Aber als Gaby einmal um halb zehn wach wurde und immer noch kein Frühstück serviert bekommen hatte, dachte sie nur, daß man so doch nicht behandelt werden könne. Wenigstens ein Frühstück anzubieten, wäre doch gut. Bis das Personal meinte: „Da fällt uns doch nur zu ein, daß es aktuell 21:30 Uhr ist". Man war sich schnell einig, auf die Patientin Gaby mußt Du aufpassen.

Zum morgendlichen Procedere gehörte, daß bei ihr die biografischen Daten abgefragt wurden. Um halt zu schauen, ob bei ihr im Kopf alles funktioniert.

Und als Wunderkind-Pfleger Mirko Frühschicht hatte und bei Gaby alle Daten abgefragt hatte, schob er noch hinterher: „Und, was soll ich jetzt servieren? Frühstück, Mittag- oder Abendessen?". Mirko hatte auch auch den nötigen Humor, um Gaby zu kontern. Und war so als Wunderkind-Pfleger schon ein motivierender Faktor in ihrem Genesungsprozeß.

Ebenso Dr. Zackes, Inhaber einer Hausarztpraxis in Duisburg und ihr Arbeitgeber. Als er von Gabys Zusammenbruch und Zustand erfuhr, einer seiner guten und langjährigen Mitarbeiterin, war er am nächsten Tag, am 2. Weihnachtstag, bei ihr auf der Intensivstation. Und als sie ihm bei der Begrüßung mit der ihr eigenen Art gleich mitteilte: „Chef, ich glaube, ich kann morgen nicht arbeiten", war er guter Dinge, daß Gaby wieder auf die Beine kommen würde.

Natürlich suchte er bei diesem Besuch auch das Kollegengespräch mit dem behandelnden Arzt in der Wedau-Klinik. Dieser bemerkte aber, daß man sich von ihrer etwas humorigen Reaktion erstmal nicht täuschen lassen dürfe. Momentan sei nicht klar, wie es weitergeht. Sie kämpfe ums Überleben. Die nächsten 5 bis 7 Tage seien entscheidend und es dürfe nichts passieren. Kein Schlaganfall zum Beispiel, der durchaus im Bereich des Möglichen lag. Sonst wäre sie sofort tot.

Aber sie war ja ein Wunderkind. Letztlich ein „Weihnachtswunderkind".

Und als Dr. Zackes seine Mitarbeiterin Gaby beim nächsten Besuch nach den Inhalten einer kleinen medizinischen Studie befragte, die beide gemeinsam betrieben – ein kleiner versteckter Test ihres Chefs – war Gaby voll auskunftsfähig.

Zurück in seiner Praxis hatte Dr. Zackes dann mit den anderen Mitarbeiterinnen und Mitarbeitern abgeklatscht und gemeint: „Gaby hat mir alles zur Studie gesagt. Sie ist wieder da". Und letztlich war er der Meinung, der gute Gott wollte sie dort oben noch nicht bei sich haben Mit ihrer jetzigen Art und mit ihrer immer noch vorhandenen Energie würde sie dort oben zu viel durcheinander wirbeln. Sie solle sich man lieber hier unten noch austoben.

Wenngleich sie mit dem Austoben noch ein wenig warten mußte. Am 30. Dezember 2019 stand ihr 50. Geburtstag an. Den feierte sie nun als „Wunderkind" auf der Intensivstation. Geplant war eine größere Fete Anfang 2020. Das hätte vor den Corona-Lockdowns noch gut funktioniert. Diese Fete fiel halt aus. Aber Gaby und viele Menschen ihres Umfeldes waren froh, daß sie ihren 50.Geburtstag überhaupt erlebte. Im Februar 2020 war dann mit ihrem Gerd eine USA-Westküsten-Tour nach Las Vegas, San Francisco und Los Angeles geplant. „Aber ich konnte ja nicht", so Gaby, „ich hatte ja was anderes vor". Inzwischen hat sie die Tour nachgeholt.

Und noch einen von vielen kleinen, aber guten „Nebenwundereffekten" hatte die ganze Aktion: Mit ihrer Schwester Heidi entwickelte sich wieder eine große Innigkeit, die vorher aus verschiedenen Gründen unterbrochen war. Denn als Lisa, Gabys Tochter, ihrer Tante Heidi von dem Vorfall berichtete, hatte das bei Heidi innerlich richtig etwas ausgelöst. Da der Bruder der beiden Schwestern, Horst, vor vielen Jahren mit erst 21 Jahren an einem geplatzten Aneurysma verstorben war. Damals wurde er nicht gleich gefunden und die Medizin war auch noch nicht soweit. Beide, Horst und Gaby, hatten ein „angeborenes Aneurysma-Problem". Und Heidi bemerkte gegenüber ihrer Nichte Lisa: „Ich weiß nicht, was mit mir geworden wäre, wenn meine Schwester Gaby das nicht überlebt hätte."

Aber letztlich war Weihnachten. Eine Zeit, in der Wunder passieren können. Weihnachtswunderzeit. Heute ist

Gaby, das Wunderkind, vollständig genesen. Und ist auch wieder in ihrem Beruf, in der Hausarztpraxis von Dr. Zackes aktiv. Es brauchte damals noch einige Wochen bzw. Monate, bis sie von der Intensivstation in Duisburg wieder in das Krankenhaus nach Moers verlegt werden konnte und anschließend an einer Reha-Maßnahme teilgenommen hat. Zunächst widerwillig. Für Gaby, die Arzthelferin mit medizinischer Zusatzausbildung, die so vielen Menschen bei einem Reha bzw. Kur-Antrag geholfen hat, war das Wort „Reha" ein böses Wort. Dorthin wollte sie nicht. Da hatte sie keine Lust drauf. Je besser es ihr ging, desto größer wurde wieder ihre Klappe. Aber an der Reha führte kein Weg vorbei. Dafür sorgte auch Dr. Zackes, ihr Chef. Und es war gut so. Sonst wäre es mit dem Wunderkind unter Umständen nicht so wundersam weitergegangen. Die kleinen Wundergeschichten, die in der Reha im weiteren Genesungsprozeß passierten, reichen für eine eigenständige Erzählung und würden in Ergänzung aus dieser kurzen Geschichte, die auf einem realen Erlebnis basiert, ein Buch machen. Das kommt vielleicht später. Das hier ist einfach eine echte Weihnachtswunderkindgeschichte, die auch nach Jahren noch fortgeschrieben wird. Manchmal trägt Gaby heute noch das rote T-Shirt mit dem weißen „Wunderkind"-Aufdruck, das sie vom Team der Arztpraxis bekommen hat, als sie ihre Arbeit wieder aufgenommen hat. Und manchmal, wenn Gaby morgens an ihrem Arbeitsplatz, in der Praxis von Dr. Zackes ankommt, begrüßt dieser sie mit den Worten: „Hallo Wunderkind!".

THOMAS KLAPPSTEIN

Die Weihnachtsfrau

Endlich fiel die Temperatur unter Null und morgens waren Hausdächer, Nadelbäume und Vorgärten mit Raureif überzogen. Herrlich!

Ich hatte nachmittags einige Besorgungen zu machen, war nun in der einsetzenden Dämmerung auf dem Nachhauseweg und sah schon von weitem die Lichter des Weihnachtsmarktes. Der Raureif hatte sich den Tag über gehalten und sich auch über die Buden gelegt. Es sah einfach verlockend aus. Und als ich den süßen Duft von gebrannten Mandeln roch, beschloss ich, dem Markt einen Besuch abzustatten.

Noch hatte ich meine Weihnachtseinkäufe nicht ganz abgeschlossen, ein Geschenk für meinen Schwager fehlte mir noch. Er sollte dieses Jahr nicht den üblichen Rotwein mit Schwarzwälder Schinken bekommen. Das war wenig originell. Vielleicht fand ich ja etwas auf dem Markt. Aber zuerst brauchte ich ein Glas Glühwein zum Aufwärmen.

Der Marktplatz sah um diese Zeit noch übersichtlich aus. Umso mehr wunderte ich mich, dass sich bei einer der Buden die Leute förmlich drängten.

Ich ging mit meinem dampfenden Becher darauf zu. *Was mag es da wohl geben,* dachte ich, *vielleicht ein neuartiges Getränk oder ein ausgefallenes Kunsthandwerk?*

„ ... etwas Besonderes anzubieten", hörte ich gerade eine

weibliche Stimme, „es gibt keine Zufälle! Überzeugen Sie sich selbst!"

Ich trat näher heran und blickte zwischen zwei Wollmützen hindurch auf eine Frau in einem Weihnachtskostüm, die ein kleines Stück Gebäck in die Höhe hielt. Ich sah ein rundes Gesicht mit lustigen Augen unter der roten Weihnachtsmütze. An den Ohren baumelten silberne Ringe.

„Denken Sie sich eine Frage aus, die Sie gerade umtreibt und lesen Sie nach dem Essen meiner Gebäcktaschen den Zettel, den ich für Sie eingebacken habe. Ich gehe davon aus, dass die Botschaft darin eine Antwort auf Ihre Frage ist."

Hm, dachte ich, *clevere Geschäftsidee. Die Frau muss nur genügend Sätze finden, die so schwammig sind, dass sie bedeutungsvoll klingen und zu allem passen. Wer den Zettel liest, denkt dann: Das ist eine Botschaft für mich.*

Jedenfalls, die Verkaufsmasche kam offensichtlich an. Eine junge Frau ließ sich nicht zweimal bitten, wollte eine Gebäcktasche kaufen und reichte der Verkäuferin eine Zwei-Euro-Münze.

„Halt! Noch nicht zugreifen", sagte die Bäckerin, „zuerst denken Sie an Ihre Frage. Ich reiche Ihnen den Korb und Sie suchen sich das Teil aus, dann beißen Sie in das Gebäck, lesen für sich den Zettel und sagen uns, ob er passt."

Die Kundin nickte, sagte lachend: „Über die Frage muss ich nicht groß nachdenken!", griff in den Korb, biss in das Gebäck und zog einen Zettel heraus.

Wir beobachteten sie alle und sahen, wie ihr Gesicht nachdenklich wurde, wie sie mit Tränen in den Augen stammelte: „Es passt genau!" Dann drehte sie sich rasch um und eilte davon.

Beeindruckend, dachte ich. *Entweder war das Zufall, oder die beiden hatten sich abgesprochen.*

„Es gibt keine Zufälle!", sagte die Weihnachtsfrau, als hätte sie meine Gedanken gelesen. „Wer will nochmal?"

Auch die nächsten Kunden waren von den Gebäckzetteln beeindruckt.

Ich blieb noch eine Weile stehen und sah einen Bekannten, der ebenfalls eine Gebäcktasche erstand, abbiss, den Zettel las, spontan ausrief: „Stimmt genau!", und rasch davonging.

Ich eilte ihm nach und redete ihn an: „Hallo, Rudolf!" Er blieb überrascht stehen.

„Ich hab das gerade mit dem Zettel mitbekommen", fuhr ich fort. „Ich will gar nicht wissen, was draufstand. War das abgesprochen?"

„Abgesprochen? Nee!" Er schüttelte energisch mit dem Kopf. „Es passte hundertprozentig", sagte er und fügte hinzu: „Jetzt muss ich schnell etwas erledigen. Tschüs!" Und weg war er.

Nachdenklich ging ich wieder zu dem Stand zurück, nachdem ich meinen Glühweinbecher abgegeben hatte und überlegte mir gleich zwei Fragen. Es musste ja nichts Weltbewegendes sein.

Richtig, ich brauchte ja ein originelles Geschenk für meinen Schwager. Dann wäre meine erste Frage: „Was soll ich meinem Schwager schenken?" Und die zweite Frage? Ich überlegte. Es musste etwas richtig Schwieriges sein. Ich blickte mich um.

An einer Ecke scharten sich ein paar junge Leute um einen runden Tisch, auf dem dampfende Becher standen, und redeten lebhaft auf einen bärtigen Mann ein. Eine Mutter versuchte, die Kinderkarre mit Kind über die Kieswege zu schieben und aus den Lautsprechern säuselten Weihnachtsklänge: „Vom Himmel hoch ..." in einer Swing-Version.

Und dann hatte ich eine Idee. Meine zweite unausgesprochene Frage sollte lauten: „Wo befindet sich meine Großmutter?" Sie war nämlich letztes Jahr gestorben und ich hätte gerne gewusst, wo sie war, außer auf dem Friedhof.

Also ging ich wieder zu dem Stand zurück. Inzwischen fror ich an meinen Füßen, und meine kalten Hände hatte ich in den Taschen meines Mantels vergraben.

Immer noch standen genügend Leute um die Weihnachtsfrau herum, die ihre Gebäcktaschen rasant loswurde.

Sie sah mich schon von weitem und grinste. Als ich näher trat, sagte sie: „Jetzt kommt der Herr hier dran, der war schon mal da."

Ich holte einen Fünf-Euro-Schein aus dem Portemonnaie und sagte: „Stimmt so, ich kaufe gleich zwei Stück."

„Nur, wenn Sie auch zwei Fragen haben."

„Hab ich!"

Der Korb war fast leer. Nur noch drei Taschen lagen darin.

„Erst die Frage festlegen!", sagte die Frau und, als ich nickte, reichte sie mir den Korb. Ich griff zu.

„Abbeißen und nachschauen!"

Ich biss in die Tasche, kaute, fischte den Zettel heraus und las: „Eine Gartenschere und zwei Gartenhandschuhe."

Ich war verblüfft. Mein Schwager war Hobbygärtner und seine Schere hatte sich neulich verbogen.

„Und?", fragte sie.

„Gute Antwort", murmelte ich.

„Ist die zweite Frage klar?", vergewisserte sich die Verkäuferin.

„Ja."

Ich nahm das vorletzte Gebäck, biss hinein, zog den Zettel heraus und las: „Im Himmel."

„Unglaublich", brachte ich heraus und suchte das Weite. Hätte ich die Taschen vertauscht, dann hätte sich mein Schwager einen Platz im Himmel gewünscht und meine Großmutter hätte auf einer Gartenschere mit zwei Handschuhen gewohnt.

Als ich die Fußgängerzone verließ, musste ich aufpassen, dass ich keine Leute anrempelte, so benebelt war ich. Und das kam nicht von dem Becher Glühwein.

Wie kann das sein, überlegte ich, als ich an der roten Ampel stand. *Gab es einen Trick?* Ich hatte die Weihnachtsfrau vorher noch nie gesehen.

Den ganzen Abend war ich nicht bei der Sache und meine Frau fragte mich, ob es mir gut ginge. Ich war kurz davor, ihr alles zu erzählen, aber ließ es dann doch bleiben.

Am nächsten Tag sah ich alles in einem anderen Licht. Natürlich gab es Zufälle. Ich wusste ja nur von meinen beiden Antworten. Sie stimmten zwar, aber bei meiner Oma hätte vieles gepasst, zum Beispiel: „Es geht ihr gut" oder: „Das ist ein Geheimnis." Das Geschenk für meinen Schwager hätte auch etwas anderes sein können.

Jedenfalls, ich beruhigte mich, freute mich aber doch, als mein Geschenk ein paar Tage später gut ankam. Selbst meine Frau wunderte sich, was für einen guten Einfall ich gehabt hatte.

Es war schon nach Weihnachten, am Dreikönigstag, da sah ich die Weihnachtsfrau wieder. Ich wäre fast an ihr vorbeigegangen, weil sie ihr rotes Kostüm nicht mehr trug, aber das runde Gesicht mit den lustigen Augen und den silbernen Ringen erkannte ich trotzdem wieder. Spontan beschloss ich, sie anzusprechen.

„Entschuldigen Sie!", rief ich.

Sie blieb stehen und drehte sich um. Dann erkannte sie mich und sagte: „Ach, der Herr mit den zwei Taschen."

Ich nickte und sagte: „Jetzt können Sie es mir ja sagen. Der Weihnachtsmarkt ist vorbei. Wie haben Sie das gemacht?"

Sie schüttelte den Kopf und meinte: „Sie glauben doch nicht, dass ich mein Geschäftsgeheimnis hier auf der Straße preisgebe?"

„Das habe ich befürchtet, trotzdem hat mich Ihre Aktion nicht losgelassen. Ich lade Sie zu einer Tasse Kaffee ein."

Sie blickte mich an, schien nachzudenken und sagte dann: „Ja, warum nicht?"

Wir nahmen das Café am Markt und suchten uns einen Tisch etwas abseits.

Nachdem der Kaffee mit dem Stollen gekommen war, blickte ich sie neugierig an und fragte: „Und?"

„Gut, ich sag's Ihnen. Sie machen einen ehrlichen Eindruck. Aber Sie müssen mir wirklich versprechen, mich nicht auszulachen!"

„Großes Ehrenwort!"

Sie schloss kurz die Augen, atmete durch, blickte mich an und sagte: „Ich bete."

Ich war verblüfft.

„Sie beten? Aber tun das nicht viele Leute?"

„Ich bete nicht allgemein, sondern konkret. Es war ein Experiment. Ich bat Gott darum, mir viele gute Einfälle für kurze, prägnante Sätze zu schenken. Ungefähr fünfzig solcher Sätze schrieb ich dann auf kleine Zettel, tat sie in meine Gebäcktaschen, eröffnete meinen Stand und betete darum, dass die richtigen Zettel zu den richtigen Leuten kommen sollten. Das Geld, das ich verdiente, deckte so knapp meine Unkosten: Standgebühr und Zutaten."

„Das war alles?" Ich konnte es kaum glauben, schob mir nachdenklich ein Stück Stollen in den Mund und spülte den Bissen mit einem Schluck Kaffee hinunter. „Aber ist das nicht ein bisschen ... naja ... Gott auf die Probe stellen und mit ihm spielen?"

„Kennen Sie die Losungen?"

„Ist das dieses blaue Buch mit Bibelzitaten für jeden Tag?"

„Genau. Das ist das gleiche Prinzip. Die Bibeltexte werden ausgelost, und die Organisatoren beten und hoffen, dass der richtige Spruch den richtigen Leser findet."

„Hm." Ich trank einen Schluck Kaffee.

„Glauben Sie an Wunder?", fragte sie mich.

„Im Prinzip schon."

„Warum sollte Gott nicht das Wunder tun, dass die richtigen Worte ihren Leser finden, besonders an Weihnachten? Und steht in der Bibel nicht der Spruch, dass sogar unsere Haare gezählt sind? Zufälle gibt es nicht."

Ich sagte nichts und dachte nach. Sie schwieg ebenfalls.

Da fiel mir noch eine Frage ein: „Werden Sie nächstes Jahr wieder auf dem Weihnachtsmarkt sein?"

„Ich denke schon, aber ich werde das Experiment nicht wiederholen. Man sollte Gott nicht zu oft herausfordern, aber vielleicht biete ich Gebete an. Man kann auf einen Zettel sein Anliegen ohne Namen darauf schreiben und ich bete dafür."

„Für zwei Euro?", fragte ich.

„Nein. Ich stelle eine Dose auf und sammle für einen guten Zweck. Aber – vielleicht mache ich auch etwas ganz anderes."

Sie trank ihre Tasse aus, stand auf und sagte: „Vielen Dank für den Kaffee und rechnen Sie mehr mit Wundern!"

Beschwingt verließ sie den Laden und ich hätte mich nicht gewundert, wenn sie davongeflogen wäre, um irgendwo zwischen den Wolken zu verschwinden.

ALBRECHT GRALLE

Ho ho ... Mistletoe!

Immerhin hatte Daniel genug Anstand, mich vorzuwarnen.

Er rief mich morgens aus dem Büro an, damit Silke nichts davon mitbekam – und wie immer, wenn er mir etwas Ernstes mitteilen wollte, versuchte er, vorher erst mal ein bisschen Small Talk zu machen.

„Hey, ich bin's! Und? Bei dir alles klar?"

Ich sagte: „Daniel! Ich bin gerade in einer Zoom-Sitzung. Wenn es länger dauert, rufe ich gerne zurück. Oder du sagst schnell, was du auf dem Herzen hast."

„Äh!" Offensichtlich hatte ich seinen vorbereiteten Gesprächsaufbau durcheinandergebracht. „Äh! Du ... du hörst doch oft Radio, da kennst du bestimmt auch dieses verrückte Mistel-Lied, das ... was zurzeit ständig auf allen Wellen hoch und runter läuft? ,Ho ho ... Mistletoe'."

Ohne darüber nachzudenken, fing ich an zu rappen. Mit einer unfassbar tiefen Bassstimme: „Küss mich! ... Hey. Küss mich!" Und dann sangen wir gemeinsam: „Grüner Zweig macht alle froh – ho ho ... Mistletoe" – mit diesem lächerlichen, englisch ausgesprochenen „macht alle froe", damit es sich auf „Mistletoe" reimt.

Es klang so verrückt, dass wir beide lachen mussten.

„Ja", sagte ich, „kenn ich. Ist vermutlich eines der bescheuertsten Lieder, die jemals in den Charts waren, aber man bekommt es nicht mehr aus dem Kopf." Und wieder fingen wir gemeinsam an: „Jeder Kuss 'ne Riesen-Show: Ho ho ... Mistletoe. Küss mich! ... Hey, küss mich."

„So!" versuchte ich, mich wieder zu beruhigen, „du rufst mich also an, um mit mir am Telefon aktuelle Hits zu trällern. Faszinierend!"

Daniel druckste rum: „Nein ... äh ... also ... es ist so: Silke fährt total auf den Song ab. Und das hat sie auf eine Idee gebracht ... ich meine: Du weißt doch, dass sie ohnehin denkt, du bräuchtest dringend wieder eine Partnerin ... nach der Pleite mit Yvonne. Sagen wir so: Sie findet, du solltest Weihnachten nicht mehr allein sein. Deshalb hat sie zu unserem Adventsessen heute Abend eine ihrer Kolleginnen eingeladen ... und das ganze Haus voller Mistelzweige gehängt ... weil man sich ja unter Mistelzweigen immer küssen muss ... alter Brauch. Um euch beide dadurch zusammen zu bringen. Du verstehst: ‚Küss mich! Hoho ... Mistletoe'."

„Das ist nicht dein Ernst!"

„Leider doch. Und ich konnte sie nicht davon abbringen. Unser Haus hat sich gestern Nachmittag in einen Mistel-Dschungel verwandelt, einen gigantischen Kuss-Parcours. Und du musst da heute Abend irgendwie durch."

„Na toll. Bis eben hatte ich mich noch total auf das Essen mit euch gefreut, und jetzt soll ich wie Indiana-Jones versuchen, den ‚Tempel des Todes' ungeknutscht zu überstehen."

„So ungefähr!"

„Du machst einem echt Mut. Wie heißt denn das Wesen, das deine Holde für mich auserkoren hat?"

„Alex. Also: Alexandra. Ich kenn sie aber auch noch nicht."

„Großartig. Das wird ja richtig entspannt nachher."

Ich kam extra ein bisschen zu früh, um die Situation besser einschätzen zu können. Und kaum hatte ich geklingelt, öffnete sich die Tür, Silke zog mich unter den Türrahmen und gab mir einen Riesen-Schmatzer – direkt auf den Mund. Unangenehm genug, das tat sie ja sonst auch nicht.

„Wie schön, dass du da bist." Sie deutete nach oben, wo ein gigantischer Ast hing. „Mistelzweig! Du kennst doch sicher die Spielregel: Wenn man sich unter einem Mistelzweig begegnet, muss man sich küssen."

„Ja", sagte ich, „habe ich schon mal gehört" und drückte ihr etwas ruppig die Tulpen in die Hand, die ich besorgt hatte. Dann fügte ich, um sie abzulenken, rau hinzu: „Danke für die Einladung zum Adventsessen."

Aber Silke ließ sich natürlich nicht aus der Ruhe bringen. „Ach, ich liebe diese alten Bräuche ..."

Das war das Stichwort, auf das ich nur gewartet hatte. Während ich meine Leder-Jacke an die Garderobe hängte, platzierte ich einen kleinen Gegenschlag: „Ich bin erstaunt, dass du auf so was abfährst. Immerhin sind dir doch sonst die christlichen Werte so wichtig. Mistelzweige sind aber ein zutiefst heidnischer Brauch."

„Was?" Silke runzelte die Stirn.

Es hatte sich offensichtlich gelohnt, dass ich ein bisschen recherchiert hatte. „Ja, das reine Heidentum: Der böse Gott Loki wollte eines Tages den Sohn der germa-

34

nischen Liebesgöttin Frigga töten. Die aber schloss einen Bund mit allen Elementen, allen Tieren und allen Pflanzen, die auf der Erde wachsen ... und die versprachen ihr, dass sie ihrem Sohn niemals schaden würden. Nur: Loki war gewitzt. Er hatte mitbekommen, dass der Bund alle Pflanzen betraf, die auf der Erde wachsen. Also machte er einen Pfeil aus einem Mistelzweig. Denn Misteln wachsen ja nicht auf der Erde, sondern auf Bäumen. Damit tötete er den Sohn Friggas. Du siehst: ein ganz und gar unchristlicher Hintergrund."

Silke grinste unsicher „So ein Quatsch!"

Dann holte sie ihr Smartphone aus der Hosentasche, tippte darauf herum und sagte: „Aha! Wenn, dann musst du die Geschichte auch zu Ende erzählen. Hier steht: Frigga gelang es, ihren Sohn nach drei Tagen wieder auferstehen zu lassen. Deshalb wurde die Geschichte in der Kirche schon früh als Hinweis auf die Auferstehung Jesu verstanden ... und deshalb konnten die Christen diesen Brauch problemlos übernehmen. Weil Frigga ihre Auferstehungsfreude dadurch zum Ausdruck brachte, dass sie jeden küsste, der unter einem Mistelzweig stand. So wurde der Mistel-Kuss quasi zu einem weihnachtlichen Ostersymbol." Sie reckte siegreich ihr Kinn. „Also: Glaub ja nicht, du könntest mir meine Begeisterung über diesen kostbaren Brauch madig machen."

In meinen Ohren klang das wie eine Drohung. Dann zog sie mich ins Wohnzimmer, in dem wirklich an jedem Türrahmen ein Mistelzweig hing, verpasste mir auf dem Weg direkt den nächsten dicken Kuss und schob mich Richtung Sofa.

„Ich habe übrigens eine Überraschung für dich. Ich habe noch eine Kollegin von mir eingeladen. Eine ganz tolle Frau. Ich glaube: Ihr werdet euch gut verstehen. Sie heißt Alex."

Ich versuchte, so überrascht wie möglich auszusehen: „Ach ... Alex ... das ist ja ... äh ... nett."

Gerade als Daniel aus der Küche kam, um mich ebenfalls begeistert zu begrüßen, klingelte es.

Silke rief mir sofort zu: „Hey, Jens, komm doch mit zur Tür, um Alex zu begrüßen."

Was? Klar, um dann mit der sogenannten „Kollegin" gleich unter mehreren Mistelzweigen stehen zu müssen. Aber so nicht.

„Gern", beteuerte ich, stöhnte dann aber theatralisch auf, ließ mich aufs Sofa fallen und rief: „O, ich habe einen Krampf im Bein. Habt ihr Magnesium-Tabletten?"

Sie verzog das Gesicht und lief allein zur Tür. Allerdings pfiff sie dabei laut die Melodie von „Ho ho ... Mistletoe".

Die beiden Frauen begrüßten sich fröhlich ... und schon im Flur erklärte Silke ihrer Kollegin bis ins Detail, was es mit den Mistelzweigen und dem Brauchtum auf sich hat und endete mit dem Satz: „Vor allem gilt: Eine Frau, die unter einem Mistelzweig steht, darf einen Kuss nicht ablehnen, das bringt ... äh ... Unglück! Und theoretisch darf sie dann ... äh ... so oft geküsst werden, wie Beeren am Zweig hängen."

Alexandra gab einen undefinierbaren Laut von sich. Dann sagte sie: „Das ist ja ein wahrhaft feministischer Brauch."

Aber da wurde sie von Silke bereit ins Wohnzimmer

verfrachtet. Zur mir. Und ich muss sagen: Sie sah wirklich sehr sympathisch aus. Mehr noch: richtig attraktiv.

„So, ihr beiden lernt euch jetzt mal ein bisschen kennen, während Daniel und ich uns um den Salat kümmern. Und um die Magnesium-Tabletten."

Tja, da saßen wir nun. Und wagten beide nicht, uns zu bewegen, um nur ja nicht in die Nähe eines Mistelzweigs zu geraten.

Irgendwann deutete Alex auf einen der grünen Äste und schüttelte dabei unmerklich den Kopf. Natürlich: Sie hatte Silke sofort durchschaut – und so schlossen wir in diesem Augenblick einen lautlosen Pakt: Wir würden uns dem Kuss-Zwang nicht beugen. Wir würden Widerstand leisten. Mit allen uns zur Verfügung stehenden Mitteln.

Ich schaute Alex ruhig an und nickte zustimmend. Da mussten wir beide grinsen.

Anschließend konnten wir uns auch angeregt und ganz entspannt unterhalten. Tat ziemlich gut.

Bis Alex sich nach einigen Minuten verschwörerisch zu mir beugte: „Mist. Ich muss mal aufs Klo. Und zwar dringend. Aber ich garantiere dir: Sobald ich am Türrahmen auftauche, kommt sie angeschossen und fordert die Erfüllung des Mistel-Brauchs ein. Du hast sie ja vorhin gehört ..." Sie ahmte perfekt die aufgedrehte Stimme Silkes nach: „‚Eine Frau, die unter einem Mistelzweig steht, darf einen Kuss nicht ablehnen.' Aber: Den Triumph gönne ich ihr nicht. Alte Kupplerin."

Ich überlegte einen Moment, dann beugte ich mich zu Alex und wisperte ihr meinen Plan ins Ohr ... wobei ich ihr blumiges Parfüm mit einem Hauch Vanille riechen

konnte: „Pass auf. Bei Männern scheint das mit der Kuss-pflicht ja nicht ganz so streng zu sein. Wir machen es so: Ich gehe gleich auf Toilette und öffne dort das Fenster, dann kannst du anschließend über den Balkon ins Klo einsteigen. Was hältst du davon?"

Sie strahlte.

Und so machten wir es. Ich huschte verschwörerisch lächelnd durch den Flur – und kurz darauf – kaum war ich wieder zurück – kletterte Alex über den Balkon ins Badezimmer.

Als sie später wieder neben mir saß, schlugen wir lässig die Hände gegeneinander. Wir hatten uns nicht manipulieren lassen. Wir nicht.

Um ehrlich zu sein: Ein bisschen verkrampft verlief der Abend dann schon. Trotz des leckeren Essens und der unkomplizierten Art von Alex. Was vermutlich daran lag, dass Silke das Gespräch ständig auf die blöden Misteln brachte.

Als wir darauf einfach nicht so anspringen wollten, fing sie an über Musik zu reden. Und ... wer hätte das gedacht ... von ihrem neuen Lieblingslied „Ho ho ... Mistletoe". Es war penetrant. Aber obwohl Silke den ganzen Abend ständig „Küss mich ... Hey, küss mich!" vor sich hinsang, blieben Alex und ich wachsam.

Dabei hätte ich gerne gewusst, was Alex eigentlich für Musik mag. Ich meine: Das sagt ja viel über einen Menschen aus: Schlager oder Hardrock, Pop oder Punk, Volksmusik oder Ethno. Aber unsere Gastgeberin ließ sich nicht von „Ho ho ... Mistletoe" abbringen und hoffte ständig, wir würden den Refrain mit ihr zusammen grölen.

Ja, Silke versuchte es wirklich mit allen Tricks.

„Alex, magst du kurz mal mit mir kommen und mir beim Abräumen helfen?" – „Das macht Jens."

„Oh, ich habe den Korkenzieher in der Küche vergessen." – „Ich gehe schon."

„Sollen wir euch mal unsere neue Schlafzimmer-Einrichtung zeigen?" – „Gerne, aber erst nach dem Essen."

Tatsächlich gelang es uns – Dank eiserner Disziplin – dafür zu sorgen, dass Alex den ganzen Abend nicht unter einem einzigen Mistelzweig zu stehen kam. Was bei Silke erkennbar für wachsenden Unmut sorgte. Und dafür, dass sie den armen Daniel jedes Mal regelrecht abschleckte, wenn sie sich nur einen Schritt in die Richtung eines Mistelzweigs bewegte. Offensichtlich, um uns zu zeigen: „So macht man das!"

Aber der Bund von Alex und mir hielt. Wir hatten uns gegen Silkes penetrante Kuppelversuche verschworen und würden das durchschaubare Spielchen nicht mitmachen. Von wegen „Ho ho ... Mistletoe."

Irgendwann gegen 23 Uhr gab mir Alex ein diskretes Zeichen, dass es für sie Zeit wäre zu gehen. Als ich das verstanden hatte, sprang ich wie ein Wilder auf und verkündete: „Es war ein wunderbarer Abend. Und so ein leckeres Essen. Aber mir ist gerade eingefallen, dass ich heute Abend noch einen Text abgeben muss. Danke. Danke. Danke. Und euer neues Schlafzimmer schaue ich mir in aller Ruhe beim nächsten Mal an. Versprochen!"

Bevor Silke irgendetwas erwidern konnte – was sie vermutlich liebend gerne getan hätte – umarmte ich sie und Daniel, winkte Alex noch mal freundlich zu, holte mir

im Flur meine Lederjacke und floh ins Treppenhaus. Nur weg!

Und … ich bin nicht sicher … aber ich hatte den Eindruck, als hätte Silke noch etwas gezischt, als ich die Wohnung verließ. Möglicherweise „Feigling".

Draußen musste ich erst mal tief durchatmen. Dann brach ich in ein unbändiges Lachen aus. Ja, ich konnte mich gar nicht mehr einkriegen. Bis Alex ebenfalls aus dem Haus kam … und direkt in mein Lachen einstimmte.

„Mann, was war das denn eben? Hat Silke ernsthaft gedacht, sie könne uns mit ihrem lächerlichen ‚Ho ho … Mistletoe' zusammenbringen. Aber du warst echt klasse. Danke. Vor allem der Trick mit dem Klo war fantastisch. Obwohl, eigentlich müsste man sagen: Wir waren klasse. Schließlich war das echtes Teamwork."

Ich lehnte mich gegen den Briefkasten. „Wenn es nach Silke gegangen wäre, dann hätten wir den ganzen Tag unter ihren blöden Zweigen rumgeknutscht. Manchmal frage ich mich, ob sie zu oft Rosamunde Pilcher guckt."

Ich stockte einen Moment, dann murmelte ich: „Sag mal, … mh … magst du mir vielleicht deine Telefonnummer geben? Ich meine: Wir könnten uns ja mal unter normalen Umständen treffen. Nicht so gezwungen und künstlich wie heute Abend."

Sie schaute mich im Licht der Straßenlaternen neugierig an. „Echt? O.k.!" Und dann zog sie eine aparte Visitenkarte aus ihrer Tasche. „Melde dich, wenn du das Gefühl hast, dass wir dieses Desaster überwunden haben."

„Klar mache ich."

Dann winkten wir uns erneut zu ... und sie verschwand um die Ecke.

Ich wartete genau ... 20 Sekunden, dann rief ich sie an. Und war total begeistert, als ich ihren Klingelton in der Ferne hörte: „Bohemian Rhapsody". Musikgeschmack hatte sie also auch noch.

Ich wartete aber gar nicht erst darauf, dass sie abnahm, sondern rannte direkt hinter ihr her. Als ich vor schwer atmend vor ihr stand, holte ich den kleinen Mistelzweig aus der Tasche, den ich bei meinen Freunden im Flur eingesteckt hatte, und hielt ihn über Alex' Kopf. Und dann küsste ich sie. Mit dem Gefühl, dass der Zweig gar nicht nötig gewesen wäre.

Drei Tage später rief mich Daniel wieder an. „Sag mal, ich habe gehört ... Alex und du. Gratuliere. Und ihr feiert jetzt auch Weihnachten zusammen. Klasse. Da ist ja Silkes Plan voll und ganz aufgegangen."

Ich musste schmunzeln: „Denkst du ernsthaft, dieses Theater mit den Mistelzweigen wäre dafür verantwortlich, dass ..."

Er unterbrach mich – und ich konnte sein Grinsen durch den Telefonhörer hören: „Ach, weißt du: Nichts bringt Menschen besser zusammen als ein gemeinsamer Gegner. Logisch: Wer sich verbündet, der geht eine Beziehung ein. Silke wusste genau, dass sie euch dazu bringen musste, gemeinsam gegen ihre vermeintlichen Pläne vorzugehen. Und: Siehe da, es hat geklappt."

„Boah", stammelte ich, „mir fehlten die Worte: Was für ein hinterhältiger Komplott."

„Na, deswegen hat mich Silke ja auch gebeten, dich vorher schon mal anzurufen und ein bisschen aufzustacheln. Weißt du: Ich liebe es, wenn ein Plan funktioniert."

„Und du willst ein Freund sein!"

„Ich bin einer. Und ich sag mal so: Der Zweck heiligt die Mittel. Oder besser: der Zweig heiligt die Mittel. Außerdem: Du bist Weihnachten nicht mehr allein. Ist doch toll. Schließlich ist Alex eine klasse Frau."

Und dann fing er an zu singen: „Grüner Zweig macht alle froh – ho ho ... Mistletoe." Dummerweise konnte nicht anders. Ich musste mitsingen. „Küss mich! ... Hey, küss mich."

Bis sich Alex an mich kuschelte und flüsterte: „Mach ich!"

FABIAN VOGT

Der runde Geburtstag

Seit Tagen schon herrschte ein Durcheinander, wie sie es lange nicht erlebt hatte. Es sollte ein richtig schönes Fest werden, so wie man es früher feierte. Erst hatte sie sich noch gewehrt, als alle sie zu überreden versuchten, sich nicht gehen zu lassen, jetzt, wo doch alles vorbei war, wo es wieder bergauf ging. Sie habe zwar immer am 2. Weihnachtstag Geburtstag, aber schließlich würde sie ja nicht jedes Jahr einen runden Ehrentag feiern. Und man könne doch auch dankbar sein, dass damals nicht noch Schlimmeres passiert sei. Sie schauderte, als sie an den Abend vor zwei Jahren zurückdachte, als ihr Leben ganz plötzlich aus der Bahn geworfen wurde.

Sie waren im Theater gewesen, sie, ihr Mann und ihr damals achtzehnjähriger Sohn Tobias. Eine glänzende Ballettpremiere, ein festliches Ereignis. Auf dem Parkplatz zog Tobias seinem Vater lachend den Autoschlüssel aus der Tasche, er habe den Führerschein doch schon ein halbes Jahr, und er wolle seine Eltern heute mal so richtig chauffieren. Nach einer halben Stunde begann es zu schneien, die entgegenkommenden Wagen blendeten ihn, er war müde, aber er wollte sich nichts anmerken lassen. Plötzlich ging alles rasend schnell. Eine unübersichtliche Kurve, ein Auto, das auf der Gegenseite viel zu schnell war, ein fürchterlicher Aufprall, Schreie – und dann eine unheimliche Stille.

Sie war erst wieder im Krankenhaus aufgewacht, ihr Kopf schmerzte fürchterlich, die Stiche im Knie, sie konnte sich an nichts mehr erinnern. Später erzählten sie ihr alles. Ihr Mann war auf der Stelle tot gewesen. Die Feuerwehr hatte seine Leiche aus dem völlig zerquetschten Auto herausschweißen müssen. Ein sprühendes Leben, im besten Alter. Mit einem Schlag vorbei, ausgelöscht. Tobias lag auf der Intensivstation, er hatte schwere Brüche, wohl auch innere Verletzungen und ein bedenkliches Unfalltrauma. Was das alles für sie bedeutete, erkannte sie Stück für Stück, unter Tränen und unsäglichen Schmerzen. Sie war jetzt allein, ganz auf sich gestellt. Das Knie heilte schnell, aber die Wunden, die sich in ihre Seele gefressen hatten, eiterten unaufhörlich. Wie sollte nun alles werden? Konnte sie ihr Leben noch einmal neu beginnen? Und war es nicht ungerecht? Wie konnte Gott das zulassen? Und dann kamen auch noch die finanziellen Sorgen...

An Tobias durfte sie gar nicht denken. Er hatte noch fast drei Monate im Krankenhaus bleiben müssen, und als er dann entlassen wurde, war alles anders gewesen. Nach einigen Wochen, in denen sie kaum miteinander gesprochen hatten, war er ausgezogen, in die Nachbarschaft, in ein kleines Apartment. Sie spürte, dass sie nicht nur ihren Mann, sondern auch ihren Sohn verloren hatte. Sie wusste, dass er sich die Schuld an dem Unglück gab, und sie gab ihm recht. Tief in ihrer Seele klagte sie ihn an, so sehr sie sich auch dagegen wehrte. Die Schuld hatte sich wie eine unsichtbare Wand zwischen ihnen aufgebaut.

Und heute nun ihr runder Geburtstag. Ihr Leben hatte sich normalisiert, mit den Problemen hatte sie zu leben gelernt. Und doch war nichts normal, und Leben konnte sie das, was sie jetzt führte, eigentlich auch nicht nennen.

Die Liebe allerdings, die ihr heute entgegenströmte, überwältigte sie. Schon am Morgen hatten alte Freunde angerufen, sogar die früheren Arbeitskollegen ihres Mannes hatten per Boten Blumen geschickt. Dass sie immer noch an sie dachten, nach dieser langen Zeit... Die Geschenke, die sie bekam, das feudale Essen, das ihre Schwester vorbereitet hatte, ihr Schwager, der aus der Bibel vorlas von einem geknickten Schilfrohr, das doch nicht zerbrochen war – all das machte sie zutiefst dankbar. Da war doch eine Hoffnung. Nein, es war nur eine Sehnsucht. Und ein tiefer Schmerz.

Es war spät geworden. Die meisten Gäste waren gegangen, die Küche war aufgeräumt, die Geschenke ausgepackt. Da klingelte es. So spät noch, vielleicht hatte jemand seinen Mantel...

Als sie die Tür öffnete, stockte ihr der Atem. Die kalte Nachtluft wehte Schneeflocken auf die kleine Eingangstreppe. Sie hatte ihn lange nicht gesehen, er hatte sich verändert. Einen Augenblick lang sahen sie sich schweigend an, so, als wüssten sie nicht, wie man es sagen sollte. Sie trat, den Blick immer noch nicht von ihm wendend, einen Schritt zurück. Tobias wollte an ihr vorbei ins Haus gehen, aber plötzlich drehte er sich halb um, schlang seine Arme um ihre Schultern und drückte sie fest an sich. Die Tränen, die sich so lange in ihm aufgestaut hatten, brachen jetzt mit aller Macht aus ihm heraus. Auch sie konnte kaum glauben, was hier geschah. Ihr Traum, ihre Hoffnung – lagen sie nicht in den Armen, die sie jetzt so fest umschlossen? „Mutter", presste er immer wieder unter Tränen hervor, „Mutter...".

Später, als sie sich am Küchentisch gegenübersaßen, hatte er ihre Hand noch immer nicht losgelassen. „Die Liebe", sagte er leise und sah ihr dabei fest in die Augen, „die Liebe, hast du gesagt... die Liebe erträgt alles, sie glaubt alles, sie hofft alles. Und, Mutter, sie hält allem stand..."

THOMAS LARDON

Celestina und Pia

Celestina ist Pfarrerin der lutherischen Kirche in Italien.
In der Zeit der Pandemie arbeitete sie bis zur Erschöpfung.
Es war der schlimmste Frühling ihres Lebens.
Im Sommer entspannte sich die Lage.
Aber Celestina schlief nachts oft nicht gut.
Und träumte finster.
Es blieb die Angst vor einer zweiten Welle.
Celestina war oft müde.
Sie erkannte sich selbst nicht wieder.
Stark war sie immer gewesen.
Angekommen in ihrer Lebensberufung.
Frei. Unverheiratet. Glücklich.
Die Pfarrerin. Die taufte. Traute. Beerdigte. Tröstete.
Jetzt fühlte sie sich müde, einsam.
Ihre Leichtigkeit war verschwunden.
„Dies Jahr ist zu viel für mich", schrieb sie.
„Und Advent und Weihnachten kommen ja erst noch!"
Ihr war nach Aufgeben.

Zum Erntedankfest eilte Celestina aus dem Pfarrhaus,
den langen Gartenweg entlang zur Kirche; sie war spät
dran.
In der Sakristei zog sie den weißen Talar an.
Sprach ein kurzes Gebet.

Und merkte, dass sie ihre Schutzmaske vergessen hatte.
Ohne die würde sie die Leute
nicht begrüßen, nicht verabschieden können.
Sie sah auf die Uhr. Eine Minute vor zehn. Zu spät.
Da fiel ihr Blick auf die Kindergottesdienst-Kiste.
Ein paar bunte Masken lagen obenauf.
Erleichtert band sie sich eine um, musste lachen,
weil sie eine mit Eiskönigin Elsa erwischt hatte.

Als sie die schwere Tür zum Kirchenraum öffnete,
klappte sie zusammen.
Die Küsterin fand Celestina auf dem Boden liegen.
Mit Blaulicht brachte ein Notarztwagen sie
ins nächste Krankenhaus nach Brescia.

Schöne Gleichzeitigkeit!
Pia ist Ärztin in der Klinik in Brescia.
In der Zeit der Pandemie arbeitete sie bis zur Erschöpfung.
Es war der schlimmste Frühling ihres Lebens.
Im Sommer entspannte sich die Lage.
Aber der Bereitschaftsdienst machte, dass sie oft nicht gut schlief.
Pia erkannte sich selbst nicht wieder.
Stark war sie immer gewesen.
Angekommen in ihrer Lebensberufung. Die Ärztin.
Jetzt fühlte sie sich müde, einsam.
Ihr war nach Aufgeben.

An diesem Sonntag, dem ersten im Oktober,
musste Pia spontan für eine Kollegin einspringen.
Auch sie hatte in Eile das Haus verlassen.
Den ganzen Tag lang war sie in der Notaufnahme.
Hatte Menschen mit großen Schmerzen gesehen.
Entscheidungen getroffen. Anordnungen gerufen.
Infusionen. Beatmung. Röntgen. Ultraschall.

Jetzt steht sie am Bett einer Patientin,
die hoffentlich bald aufwachen würde.
Die Frau blinzelt.
Pia nimmt kurz ihre Maske ab, lächelt sie an.
Celestina lächelt zurück.

Sie unterhalten sich. Ärztin und Patientin.
Dr. Pia erklärt, was passiert ist. Dass alles gut wird.
Celestina erzählte von sich und der Kirche.
Pia hört zu.
Sie hat Feierabend. Setzt sich. Und erzählt dann auch.
Am Bett dieser Pfarrerin kann sie sich entspannen.
Sie lacht auf,
als sie die Elsa-Maske auf dem Nachttisch sieht.
„Kindergottesdienst", erklärt Celestina grinsend.
Pia greift in ihre Kitteltasche
und zieht ihre zweite Maske raus.
Die private.
Beide lachen.
„Eisprinzessin Anna", sagt Pia.
„Von Deiner Tochter?", fragt Celestina – schüchtern.
„Von meiner Nichte."

Im Herbst schrieb Celestina:
„Dieses Jahr ging ganz anders weiter als gedacht.
Mit Elsa und Anna.
Und ich freue mich jetzt,
dass Advent und Weihnachten noch kommen.
Denn ich werde gemeinsam mit Pia feiern."

* Auch das gehört zu diesem Jahr. Und zu diesem Fest.
Auch in den Katastrophen ist Leben gelungen.
Auch in den Krisenzeiten gibt es Zärtlichkeiten und
Liebe.
Und in allen Weihnachtszeiten geschehen Wunder.

© **CHRISTINA BRUDERECK,**
Juni/Oktober 2020 / März 2022

Opa, steh auf!

Es begann damit, dass Professor Rainer Schulz am Abend des 1. Dezember zu Bett ging und am Morgen des 4. Dezember aufstand.

Er hätte gleich wissen sollen, dass etwas nicht stimmte. Als er an jenem schicksalsträchtigen Morgen die Beine aus dem Bett schwang und sich aufsetzte, wurde ihm für den Moment schwarz vor Augen. Das war ungewöhnlich, hatte er doch sonst nie über Kreislaufprobleme zu klagen. Und so blieb er, leicht irritiert, noch einen Augenblick auf der Bettkante sitzen, hielt sich mit beiden Händen am Bettlaken fest und zwinkerte mehrmals, bis er wieder klarsehen konnte. Dann pulte er die Ohrenstöpsel aus seinen Ohren, legte sie auf den Nachttisch, erhob sich, ging ein paar Schritte, öffnete die Tür seines Schlafzimmers und tapste ins Bad.

Von unten zog Kaffeeduft die Treppe hinauf. Seine Tochter war wie immer früh wach und hatte vermutlich schon ihren ersten Espresso getrunken. Er nahm seinen Zahnputzbecher, stellte den Wasserhahn auf warm, füllte den Becher bis zum Rand und trank ihn in langen Zügen leer. „Ah", machte er und begrüßte mit diesem Wohllaut den neuen Tag. Dann nahm er in aller Ruhe auf der Toilette Platz. In seinem Alter gab es keinen Grund zur Eile. Ohnehin würde es ein wenig dauern, bis er sich erleichtern konnte. Da gab es nur eines: Ruhe bewahren.

Nach getanem Werk griff er zur Papierrolle, zählte drei Blätter ab und tupfte sein ehemals bestes Teil trocken. Er trat wieder zum Waschbecken und wusch sich die Hände mit Fichtennadelduftseife, sah freundlich in den Spiegel und zupfte an seinen buschigen grauen Augenbrauen herum, um ihnen ein wenig Form und Ansehen zu verleihen. Dann griff er nach seinem Bademantel aus schwarzem Satin, der an einem Haken an der Tür befestigt war, schlüpfte hinein, verließ das Bad, stieg die Treppe hinunter und betrat die Küche.

Er sagte: „Guten Morgen!" und stutzte.

Am Tisch saß seine Tochter, vor sich einen Teller mit einem halb aufgegessenen Toastbrot, in der Hand eine Tasse Kaffee. Des Weiteren stand auf dem Tisch ein Teller für ihn, daneben Messer und Tasse (mit Untertasse, versteht sich, er war vom alten Schlag). Neben seinem Teller lag die ungelesene Tageszeitung. Was ihn grundsätzlich freute, denn er las nicht gerne gebrauchte Zeitungen. Dieses zerfledderte Chaos, das seine Tochter hinterließ, sobald sie eine Zeitung zur Hand nahm, war für ihn schwer zu ertragen. Diese Tageszeitung neben seinem Teller jedoch war wunderbar glatt und fein säuberlich gefaltet. Soweit also in Ordnung.

Aber: Die Zeitung war zu dünn. Dünn wie eine Wochentagsausgabe. Zum zweiten, und auch das hatte er mit seinem scharfen Verstand im Bruchteil der Sekunde erkannt: Auf dem Tisch standen noch zwei weitere Teller, daran war nichts auszusetzen, im Gegenteil, aber diese waren sichtlich schon benutzt. Krümel lagen darauf und drumherum. Zwei benutzte Gläser, eine zusammen geknüllte Serviette.

Das hieß: Sein Schwiegersohn und sein Enkel hatten bereits gefrühstückt. In aller Herrgottsfrühe. Trotz der Tatsache, dass heute Samstag war. Und zum dritten: Auf dem Tisch stand ein Adventskranz. Der war gestern noch nicht da gewesen. Und – und das ließ Professor Rainer Schulz den Atem stocken — die erste Kerze war bereits zu einem Teil heruntergebrannt. Obgleich doch morgen erst der 1. Advent ins Haus stand.

„Was ist los, Papa?", unterbrach seine Tochter seine Gedanken.

Herr Schulz holte tief Luft. Ruhe bewahren. Das half in Bezug auf die Prostata und es würde auch hier helfen. Er nahm bedächtig auf dem Küchenstuhl Platz und schaute seine Tochter, nun, man möchte fast sagen, vorwurfsvoll an.

„Was ist los?", fragte diese noch einmal. „Stimmt was nicht? Hast du schlecht geschlafen? Komm, ich zieh dir erst mal einen Kaffee …"

Mit diesen Worten ging Sonja Lombert-Schulz zu der Kaffeemaschine einer hochwertigen Schweizer Marke und änderte die Kaffeestärke von Espresso auf Dörre-Plörre. „Senioreneinstellung", wie ihr Mann zu sagen pflegte.

„Ich will dir nicht zu nahetreten", begann Herr Schulz, während er dankend den Kaffee entgegennahm, „aber was hat dich denn dazu gebracht, schon vor dem 1. Advent die erste Kerze anzuzünden?"

Seine Tochter zog die Nase kraus, wie sie das schon als Kind getan hatte, und fragte: „Wovon redest du?"

„Die Kerze …", bemerkte Herr Schulz und deutete höflich auf den Adventskranz, „sie wurde schon angezündet."

„Ja klar, und zwar von dir. Gestern morgen."

Professor Schulz kniff ein Auge zu, schürzte die Lippen und sah seine Tochter forschend an. Dann schielte er mit dem offenen Auge nach der Zeitung. Erscheinungsdatum: 4. Dezember. Seine Hände begannen zu zittern, und mit einem Scheppern, das den Kaffee zum Überschwappen brachte, stellte er die Tasse ab.

Es war ein Desaster. Die Tage zwischen dem 1. und dem 4. Dezember waren verschwunden. Was nicht möglich war. Und so beschloss Herr Schulz, zunächst keine weiteren Fragen zu stellen. Und nachdem sich das Zittern seiner Hände gelegt hatte, trank er seine Dörre-Plörre, aß zwei Scheiben Toast und las Zeitung. Das gab ihm eine gewisse Sicherheit. Beiläufig erwähnte er noch, dass sein Schwiegersohn wohl bereits in der Firma und sein Enkel in der Schule sei. Seine Tochter bestätigte dies, wenn auch wiederum mit einem Nasekräuseln, und zog sich dann in ihr Arbeitszimmer zurück, vermutlich um sich den Vormittag lang mit Videokonferenzen zu quälen.

Nach dem Frühstück schlüpfte Herr Schulz aus dem edlen Satin-Bademantel, hängte ihn zurück an den Haken und kleidete sich an. Dann ging er nach draußen, inspizierte den Inhalt der Papiermülltonne und holte die (zerfledderten!) Tageszeitungen der vergangenen zwei Tage heraus. Er kehrte zurück an den Küchentisch und begann zu lesen.

Herr Schulz war ein gewitzter Mann und darin geübt, seinen Studentinnen und Studenten gute Fragen zu stellen. Ebenso geübt war er darin, sich an einer Diskussion mit

Kolleginnen und Kollegen selbst dann in kluger Weise zu beteiligen, wenn ihm einige der Fakten fehlten. Und so gelang es Herrn Schulz, im Laufe des Tages und des Abends durch die Gespräche mit seiner Familie die vergangenen Ereignisse zu rekonstruieren: Den eher einfach gehaltenen Adventskranz hatte sein Schwiegersohn am Samstag im Supermarkt gekauft. Er selbst hatte anscheinend am Sonntag die erste Kerze angezündet und dabei etwas Streichholzqualm eingeatmet, woraufhin er den ganzen Sonntag lang über ein gewisses Kratzen im Hals geklagt hatte.

Am Sonntagabend hatte er mit seiner Tochter Tatort geschaut, und am Montagabend hatte er mit seinem Enkel eine Diskussion über die Errungenschaften der Europäischen Union geführt, als Vorbereitung auf dessen Klausur am Dienstag, also heute morgen. Wobei sein Enkel wohl nach wie vor der Ansicht war, dass Wikipedia sich besser in der Geschichte auskannte als er, der Professor. Darüber konnte er natürlich nur schmunzeln.

Und so kam es, dass Herr Schulz am Ende dieses langen Tages fast das Gefühl hatte, als wäre er dabei gewesen – so gut hatte er sich die Geschehnisse der verschwundenen Tage zusammengesucht. Darum gönnte er sich am späten Abend zusammen mit seinem Schwiegersohn noch einen Moonriser in Form eines Danziger Goldwassers und ging zu Bett.

Als Herr Schulz am nächsten Morgen die Augen aufschlug, war es schon hell. Die Ereignisse des vergangenen Tages und eine eher unruhige Nacht hatten ihn wohl länger schlafen lassen als gewöhnlich. Der Blick durchs Fenster hinaus erfreute sein Herz. In dichten Flocken fiel Schnee und gab dem Winter ein würdiges Aussehen. Herr Schulz setzte sich auf und stellte seine Füße auf den Boden. Im gleichen Moment wurde ihm schwarz vor Augen, er griff nach dem Bettlaken und suchte nach Halt.

Als sich der Nebel vor seinen Augen lichtete, wurde er von strahlendem Sonnenlicht geblendet, das durch sein Fenster fiel. Vom dichten Flockentreiben keine Spur. Herr Schulz erhob sich, trat erstaunt zum Fenster und sah hinunter. Glitzernd weiß zog sich eine dicke Schneedecke über den Garten. An den Seiten der Straße häuften sich zusammengeschippte Schneehaufen, und ein paar der Autos waren dicht mit Schnee bedeckt, der Himmel leuchtend blau. Herr Schulz schluckte einmal, zweimal, dann straffte er sich, reckte sein Kinn, strich den Pyjama glatt und ging ins Bad. Und wenn die ganze Welt verrückt spielte, oder besser noch, gerade dann, sollte man weder auf ein Glas warmes Wasser, noch auf die morgendliche Toilette verzichten.

Und so stieg Herr Schulz, umhüllt von schwarzem Satin, auch an diesem Morgen die Treppe hinunter in die um diese Tageszeit bereits menschenleere Küche. Zielstrebig griff Herr Schulz nach der Zeitung. Sie zeigte den 7. Dezember. Er hatte Nikolaus verpasst.

An diesem Tag war Herr Schulz sehr schweigsam. Seine Tochter fand ihn mittags am Küchentisch sitzend, tief in die Zeitungen der vergangenen Tage vertieft. Auf ihre Bemerkung hin, er sei ja heute erst erstaunlich spät aufgestanden, grummelte Herr Schulz etwas von wegen, er fühle sich nicht so gut, vermutlich der launige Wetterum-

56

schwung der letzten Tage (er hatte in den Zeitungen auch die Wettervorhersagen studiert).

Am Abend ging Herr Schulz früh zu Bett, lag aber lange wach und wälzte sich hin und her. Erst in den frühen Morgenstunden schlief er ein, erwachte aber schon bald wieder. Draußen war es noch dunkel. Ein kurzer Blick auf den Wecker mit den phosphoreszierenden Zeigern sagte ihm, dass seine Familie noch schlafen würde. Er nahm die Ohrenstöpsel aus den Ohren und wartete. Nach einiger Zeit hörte er, wie die erste Tür geöffnet wurde. Er hörte, wie Duschwasser lief, danach den Fön. Seine Tochter war wie immer früh wach. Herr Schulz wartete weiter.

Er wartete, während es draußen dämmerte und während schließlich die Sonne aufging und sein Zimmer mit Licht durchflutete. Er hörte seinen Enkelsohn, der Musik anmachte für seinen morgendlichen „Workout", wie er das Training nannte, dem er sich täglich unterzog. Er hörte seinen Schwiegersohn gähnen und die Treppe hinuntersteigen. In diesem Moment richtete sich Herr Schulz auf und rief laut:

„Guten Morgen, ihr Lieben! Sagt mal, welchen Tag haben wir heute?" Einen Moment später klopfte es an seiner Zimmertür, und er rief: „Herein!"

Die Tür ging auf, sein Enkel streckte den Kopf hindurch, fuhr sich mit der Hand über die verschwitzten Haare und sagte: „Morgen, Opa, hast du was gesagt?"

„Welchen Tag haben wir heute?", wiederholte Herr Schulz seine Frage.

„Samstag", sagte sein Enkel.

„Datum?", fragte Herr Schulz.

„Weiß nicht, warte ..." Der Enkel holte sein Handy und warf einen Blick darauf: „8. Dezember!"

„Fantastisch", seufzte Herr Schulz erleichtert und ließ sich noch einmal zurück auf sein Kissen fallen.

„Alles klar, Opa, wir sehen uns beim Frühstück", sagte sein Enkel und schloss die Tür.

Herr Schulz atmete noch einmal entspannt durch, dann schwang er sich aus dem Bett. Ihm wurde schwarz vor Augen, und als er wieder zu sich kam und die Treppe hinunterstieg, war der 13. Dezember.

An diesem Abend lieh sich Herr Schulz von seiner Tochter den digitalen Wecker aus, der neben der Uhrzeit auch das Datum anzeigte.

Er behielt den Wecker fest im Blick, als er sich am nächsten Morgen im Bett aufrichtete und seine Beine aus dem Bett hob. Vorsichtig berührte er mit den Zehenspitzen den Boden, die Augen wachsam auf den Wecker gerichtet. Da wurde ihm schwarz vor Augen.

17. Dezember. Montagmorgen. Die dritte Kerze am Adventskranz war angezündet worden, doch Herr Schulz konnte sich nicht entsinnen, dabei gewesen zu sein. Am Sonntagnachmittag hatte er, so zumindest zeigte es ihm die kitschige Klappkarte mit dem Segensspruch, die am Adventskranz lehnte, anscheinend an der Senioren-Weihnachtsfeier der hiesigen Kirchengemeinde teilgenommen. Vermutlich war ihm dort der neuste Klatsch und Tratsch des Dorfes unterbreitet worden, an den er sich ob seiner skurrilen Lage aber bedauerlicherweise nicht erinnerte.

Herr Schulz kauerte am Küchentisch und knabberte missmutig an seinem Toast herum, als das Telefon klingelte. Er erhob sich und schlurfte in einer Manier, die ihm bis dato völlig fremd war, zur Anrichte, griff nach dem Hörer und meldete sich: „Rainer Schulz, guten Morgen!"

„Rainer, mein Lieber, hier ist der Bernhard!", erschallte daraufhin die vertraute Stimme seines geschätzten Kollegen (Professor für neuere Geschichte, ebenfalls bereits emeritiert, aber nach wie vor im Wissenschaftsbetrieb engagiert, versteht sich), „wie geht es dir?"

„Danke der Nachfrage, und wie geht es dir?", umging Herr Schulz gekonnt die Antwort und spielte den Ball zurück.

„Ach, du weißt doch, wie es ist", witzelte sein Kollege, „und wie es auch schon in dem Lied des weisen Friederich heißt: Hier tut es weh, da tut es weh! Jedoch es hilft ja nichts, man muss das Leben nehmen, wie es kommt. Und morgen Abend kommt es in Form zweier Studienfreunde zu mir zu Besuch. Und ich würde mich freuen, du kämst auch dazu – auf ein Glas Whisky und eine Runde Bridge. Was meinst du?"

Herrn Schulz rutschte das Herz in die Hose. „Schwer zu sagen, Bernhard, eine wunderbare Idee ... aber woher sollen wir wissen, dass die Welt morgen Abend noch im Gleichgewicht ist? Wäre nicht heute Abend besser?"

Sein Kollege lachte auf. „Was du heute kannst besorgen, das verschiebe nicht auf morgen, meinst du? Tut mir leid, Rainer, meine Studienfreunde reisen erst morgen an."

Herr Schulz riss sich zusammen. „Nun gut", sagte er, „dann hoffen wir das Beste ..."

„Wir sehen uns morgen Abend, Rainer, ich freue mich!"

19. Dezember. Herr Schulz saß am Frühstückstisch und starrte auf das Foto. Mit einer alten Polaroid-Kamera aufgenommen. Es zeigte ihn mit seinem Kollegen. Fröhlich und mit glasigem Blick schauten sie beide in die Kamera, vor ihnen zwei Whiskygläser. Karten eines edlen englischen Spiels lagen auf dem schweren, dunkel gebeizten Holztisch. Es muss ein herausragender Abend gewesen sein. Herr Schulz spürte, wie ihm eine Träne über die Wange lief. Und dann fasste er einen Entschluss. Und traf einige Vorbereitungen.

Es war der Samstag vor dem 4. Advent. Seine Tochter hatte die Hände in die Hüften gestemmt und schimpfte: „Mensch, Papa, du kannst doch nicht den ganzen Tag im Bett bleiben!"

Doch, genau das hatte er vor.

„Bist du krank?", fragte sie, trat ein paar Schritte zum ihm ans Bett und legte ihre Hand auf seine Stirn. „Fühlt sich eigentlich ganz normal an."

„Ich bin nicht krank", sagte Herr Schulz, „mir ist nur ... ein wenig unwohl ..."

„Soll ich einen Arzt holen?", fragte seine Tochter. „Ich meine, das ist doch nicht normal, du bleibst doch sonst nicht einfach so im Bett!"

„Nein, nein", erwiderte Herr Schulz hastig, „auf keinen Fall ein Arzt! Und jetzt stell mir bitte keine weiteren Fragen, es bleibt dabei: Ich stehe nicht auf. Wenn ihr mir was Gutes tun wollt, dann bringt mir doch gelegentlich etwas zu essen und zu trinken. Und natürlich freue ich mich sehr, wenn die eine oder der andere sich zwischendurch mal zu mir setzt und wir ein bisschen plaudern. Allerdings ...“

„Ja?“

„Allerdings möchte ich ab und zu auch allein sein.“

Sonja Lombert-Schulz kräuselte ihre Nase und sagte: „Papa, ich mache mir Sorgen!“

„Das ist überflüssig und unangebracht, und es wäre mir lieb, wir könnten die Diskussion an dieser Stelle beenden. Sieh es einfach mal so: Ich bin Professor, und dies ist ein Experiment.“

„Alles klar ...“, seine Tochter erhob sich, „es ist so: Florian und ich machen heute Weihnachtseinkäufe, aber Nils bleibt zuhause und lernt für Mathe am Montag. Wenn also was ist ... einfach laut nach ihm rufen, okay?“

„Okay. Ach, und: Würdest du so gütig sein und mir die Zeitung bringen? Auch die von gestern, ich möchte da ... noch mal etwas nachlesen.“

Ums Verrecken würde er sein Bett heute nicht verlassen. Sein Frühstück hatte er bereits im Bett eingenommen, seine Tochter hatte ihm kopfschüttelnd das Tablett hochgebracht, auf dem sie liebevoll eine große Tasse Dörre-Plörre und zwei Toasts mit Honig drapiert hatte. Außerdem eine Flasche Wasser und ein Glas (wobei Herr Schulz beschlossen hatte, aus gewissen Gründen an diesem Tag so wenig wie möglich zu trinken). Auch die Zeitungen, von heute und von gestern, hatte seine Tochter ihm auf die Decke gelegt. Doch bevor er sie studieren würde, musste er sich der größten Herausforderung stellen: seiner Morgentoilette, bzw. dem Toilettengang. Am letzten Abend, an den Herr Schulz sich erinnerte, hatte er geistesgegenwärtig den alten Nachttopf seiner Großeltern aus dem Schrank im Keller hervorgekramt und ihn unter seinem Bett platziert. Diesen Topf holte er nun mit einiger Mühe hervor. Auf keinen Fall wollte er riskieren, den Fußboden zu berühren, denn das hatte bislang jedesmal den Blackout ausgelöst. Auch nicht mit den Fingern, Vorsicht war geboten.

Er schloss kurz die Augen und machte sich dann ans Werk. Dass er sich auf seine alten Tage noch einmal in solch einen Nachttopf erleichtern würde, hätte er sich auch nicht träumen lassen. Er ließ sich die nötige Zeit, verschloss im Anschluss dann aber möglichst schnell den Topf mit dem Deckel, um Geruchsbildung zu vermeiden, und stellte ihn wieder in einem gelungenen Balanceakt unters Bett. Dann nahm er die gestrige Tageszeitung zur Hand und begann zu lesen. Gegen Mittag klopfte sein Enkel an die Tür. Er brachte belegte Brote und setzte sich zum gemeinsamen Picknick auf die untere Bettkante, Herrn Schulz zu Füßen.

„Sag mal, Opa, was ist das denn für ein Experiment, das du machst?", wollte er wissen.

„Nun, mein lieber Enkelsohn, du weißt doch: Es kann der Standpunkt des Naturforschers den letzten Gründen gegenüber nur Entsagung sein."1, sagte Herr Schulz.

„Nein, wusste ich nicht", entgegnete sein Enkel, „aber ich will heute Nachmittag mit ein paar Freunden rausgehen, die Sonne scheint, es ist geiler Schnee. Aber ich darf nicht weg, weil ich dich nicht allein lassen soll, sagt Mama."

Es brauchte nicht viel Überredungskunst, seinen Enkel davon zu überzeugen, dass die Sorge seiner Mutter völlig unbegründet war und er ohne weiteres mit seinen Freunden den schönen Tag genießen und seinen Opa getrost allein lassen konnte. Und so war das Haus am Nachmittag weitgehend leer. Weniger leer war allerdings der Nachttopf unterm Bett. Herr Schulz hatte sich in der Menge verschätzt, die ein erwachsener menschlicher Körper aussonderte, oder vielleicht lag es auch an der großen Tasse Dörre-Plörre. Wie dem auch sei, der Nachttopf war bereits gefährlich voll, und Herrn Schulz wurde klar, dass das Ganze in einem Desaster enden würde, wenn er nicht rechtzeitig zur Tat schritt. Wobei: schreiten würde er auf keinen Fall.

So holte er den Nachttopf unterm Bett hervor, stellte ihn auf den Nachttisch und entfernte schon mal den Deckel. Dann nahm Herr Schulz Augenmaß des Abstands zwischen Bett und Fensterbank, richtete sich auf und beugte sich so weit zum Fenster hin, dass er mit der rechten Hand den Fenstergriff fassen und den rechten Fensterflügel öffnen konnte, mit der linken Hand stützte er sich auf der Fensterbank ab. Dann ersetzte er die linke Hand durch die rechte Hand, und dann die rechte Hand durch den rechten Fuß, stabilisierte seine Position auf dem Bett, so gut es eben ging, griff nach dem Nachttopf, stellte ihn zunächst hinüber auf die Fensterbank, erholte sich kurz, ergriff wieder den Nachttopf und kippte den Inhalt mit einem ordentlichen Schwung aus den Fenster. Herr Schulz blickte in den nunmehr leeren Nachttopf. Dann blickte er hinaus. Anschließend stellte er den Topf zurück auf den Nachttisch, beförderte Hände und Füße zurück aufs Bett,

brachte sich in Stellung und erleichterte sich in hohem Bogen durch das offene Fenster in den Garten.

Es gelang Herrn Schulz, auch gegen die Widerstände seiner Familie, den ganzen Tag nicht einen Schritt aus dem Bett zu machen. Auch nicht, als der Duft nach gebrannten Mandeln vom Weihnachtsmarkt das Haus durchströmte. Auch nicht, als seine Tochter ihn fragte, ob er nicht wenigstens zum Tee runterkommen wolle. Mehrmals am Abend hatte er nach seinem Enkel, seiner Tochter oder seinem Schwiegersohn gerufen und sie höflichst gebeten, ihm dies oder das zu bringen. Das Fotoalbum seiner Kindheit. Das halb gelesene Buch, das er unten auf dem Wohnzimmertisch hatte liegen lassen. Einen Zahnstocher. Irgendwann hatte seine Tochter ihn argwöhnisch angesehen und gesagt: „Aber aufs Klo gehst du schon noch, oder?"

„Aber natürlich", hatte Herr Schulz im Brustton der Überzeugung erwidert, „auch in der Forschung müssen die menschlich notwendigen Unterbrechungen gestattet sein."

Endlich war der Tag geschafft, und Herr Schulz löschte das Licht.

Als er aufwachte, galt sein erster Blick dem digitalen Leihwecker. Ja! Er hatte es geschafft! Es war der 20. Dezember. Er hatte einen ganzen Tag lang ausgeharrt und dem Fluch ein Schnäppchen geschlagen. Er war am Abend des 19. Dezember schlafen gegangen und am Morgen des 20. Dezember aufgewacht. Und er würde auch den heutigen Tag über das Bett nicht verlassen und nach einer guten Nacht am Morgen des 21. Dezember aufwachen. Er hatte sein Leben wieder unter Kontrolle!

Seine Tochter war stinksauer: „Papa, das ist einfach widerlich! Allen Ernstes! Du pinkelst und kackst in den Nachttopf deiner Großeltern und schüttest den Inhalt aus dem Fenster! Weißt du eigentlich, wie es unten im Garten aussieht?"

„Manchmal pinkele ich auch direkt aus dem Fenster raus...", ergänzte Herr Schulz.

„Ich weiß!", schrie seine Tochter. „Die Nachbarin hat dich gesehen! Mir reicht es jetzt mit deinem blöden Experiment. Du stehst jetzt auf!"

„Das geht nicht", sagte Herr Schulz. „Wenn meine Füße den Boden berühren, springe ich in der Zeit."

Nun war es raus.

„Wie bitte?" Seine Tochter blickte ihn an. Er sah in ihrem Gesicht die ersten Falten an den Augen und um den Mund herum. Und auch die Sorge stand ihr ins Gesicht geschrieben. Sorge um ihn, das war klar.

Sonja Lombert-Schulz setzte sich und nahm seine Hand.

„Was ist los mit dir, Papa. Sprich mit mir."

„Ich springe in der Zeit", sagte Herr Schulz, mit einem Mal ganz ruhig und wie selbstverständlich. „Wenn ich morgens aufstehe, wird mir schwarz vor Augen, sobald ich den Boden berühre – und mit einem Mal sind ein oder zwei oder auch mehrere Tage einfach weg. Pfft." Er machte eine Geste, als würde er eine lästige Fliege vertreiben. „Wie weggeblasen aus meinem Hirn. Und dann komme ich runter, und du sagst mir, ich hätte die erste Kerze am

Adventskranz angezündet. Aber ich kann mich an nichts erinnern. Pfft. Einfach weg."

„Einfach weg", wiederholte seine Tochter, nickte sanft und sah ihn liebevoll an.

„Einfach weg", bestätigte Herr Schulz. „Aber dann ist es halt so: Wenn ich im Bett bleibe und meinen Fuß nicht auf den Boden setze, dann passiert nichts. Dann bleiben die Tage da, wo sie hingehören, nämlich hier. Bei mir. Und ich bin die ganze Zeit dabei. Nichts springt. Und mir wird auch nicht schwarz vor Augen. So ist das."

„So ist das", wiederholte seine Tochter und streichelte seine Hand.

„Ja, so ist das."

Einen Moment lang saßen sie schweigend da.

„Weißt du was", sagte sie dann. „Wir machen es gemeinsam. Ich halte deine Hand, und du stehst auf. Und egal, was passiert, ich bin bei dir. Okay?"

Herr Schulz dachte nach. Heute war der 21. Dezember. Zwei Tage und drei Nächte lang hatte er nun sein Bett nicht verlassen. Seitdem hatte er die Zeit gut im Griff. Auf der einen Seite. Auf der anderen Seite war ihm klar, dass dies hier keine Zukunft hatte. Das Leben fand unten in der Küche statt. Und draußen auf der Straße. In der großen, weiten, wunderbaren Welt. Er hatte, solange er im Bett blieb, vielleicht die Zeit im Griff, aber der Mehrwert ließ zu wünschen übrig.

„Okay", sagte er, „lass es uns versuchen."

Seine Tochter lächelte ihm aufmunternd zu, und er schwang die Beine aus dem Bett, seine rechte Hand fest verbunden mit der seiner Tochter. Als seine Zehenspitzen den Fußboden berührten, wurde ihm für einen kurzen Moment schwarz vor Augen.

Er kam wieder zu sich. Neben ihm saß seine Tochter, lächelte ihn an, seine Hand fest in der ihren, und er fragte: „Welches Datum haben wir?"

„23. Dezember. Vierter Advent. Morgen ist Weihnachten!"

Sie waren fürs erste so verblieben, dass jeden Morgen, wenn er aufstand, ein Familienmitglied an seiner Seite war und seine Hand hielt. Und egal, in welchem Tag er landete, immer hielt jemand seine Hand. Zumindest für den Anfang war ihm das lieber so. Beim Frühstück ließ er sich erzählen, was die letzten Tage so los war. Und studierte die Zeitungen. Anstatt die Tageszeitungen direkt in die blaue Tonne zu entsorgen, schaffte man einen Zeitungsständer an, so dass Herr Schulz ohne große Umstände und sooft er wollte, die Zeitungen der vergangenen Tage lesen konnte.

Den Heiligen Abend hatte er wohl verpasst, aber sein Enkel sagte, dass das Essen phantastisch war. Und dass er, sein Opa, ein Weihnachtslied zum Besten gegeben habe. Und sein Schwiegersohn hatte die fantastische Idee gehabt, ihm zu Weihnachten ein Kalenderbuch zu schenken. Dort trug Herr Schulz von jetzt an seine Verabredungen ein. Und er verabredete sich oft. Mit seinen alten Kollegen von der Universität, auch mit einer netten Dame, die er anscheinend bei der Seniorenweihnachtsfeier der Kirche in einem Anfall von jugendlichem Leichtsinn um ihre Telefonnummer gebeten und diese Anfang Januar in seiner Manteltasche wiedergefunden hatte. Er schenkte ihr Karten fürs Theater und trug den Termin in den Kalender ein. Er verließ sich darauf, dass er sich – auch wenn er sich später nicht daran erinnern konnte – einigermaßen angemessen benehmen würde. Und wenn ihn gelegentlich jemand auf sein erstaunliches Verhalten an diesem oder jenem Tag ansprach, so legte er sich eine gewisse Amüsiertheit zu und sagte:

„Ach ja, das soll ich gesagt oder getan haben? Ist ja interessant, erzähl mal..."

Natürlich entwickelte Herr Schulz eine große Liebe zur Spontaneität. Ein Spaziergang gleich jetzt am Vormittag, ein Museumsbesuch noch heute Nachmittag, ein Glas Whisky mit seinem Kollegen Bernhard nicht irgendwann einmal, sondern am gleichen Abend, warum auch nicht?

Darüber hinaus gewöhnte Professor Schulz sich an, die Vorfreude auf anstehende Ereignisse zu zelebrieren und zu genießen. Und wenn es der Zufall einmal wollte, dass er just in den Tag hineintrat, auf den er sich besonders gefreut hatte, so machte er im Kalenderbuch ein dickes rotes Kreuz und dankte dem Schicksal für seine Güte.

Das Beste an dem Kalenderbuch war jedoch, dass er anfing, vor dem Schlafengehen Notizen über den vergangenen Tag einzutragen. Manchmal war es nur ein kurzer Satz, manchmal hielt er kleine Anekdoten fest. Jeden Eintrag unterzeichnete er mit seinem Namen: Prof. Dr. Rainer Schulz. Und zuweilen wunderte er sich am nächsten Morgen darüber, was für wunderbare Ereignisse sich anscheinend in seinem Leben abspielten, obgleich er sich nicht daran erinnern konnte.

Zuweilen freilich packte ihn die Wehmut. Als sein Enkel die erste Freundin mit nach Hause brachte, und Herr Schulz diesen Tag leider übersprungen hatte. Zuweilen packte ihn auch die Wut. Aber wie sein Kollege sagte: „Rainer, es hilft ja alles nichts: Man muss das Leben nehmen, wie es kommt."

Und manchmal, wenn er morgens aufwachte und aus dem Fenster sah und ihm danach war, dann blieb er noch etwas länger liegen und machte sich noch eine Weile so seine Gedanken.

Und dann stand er auf.

MIRIAM KÜLLMER-VOGT

Draußen bleiben

Bei uns im Norden sagt man, dass erst Sturm ist, wenn die Schafe keine Locken mehr haben. An diesem eiskalten, verregneten dunklen Abend, Ende Dezember, als Mirjam hochschwanger vor dem Maritim Hotel in Timmendorf zusammenbrach, war fast Sturm.

Dabei begann diese Geschichte eigentlich ganz normal, geradezu romantisch. Eine Liebesgeschichte halt.

Vor fast genau einem Jahr, nach dem Heiligabendgottesdienst, hatte Joel seine Mirjam zur Familienweihnachtsfeier der Christensens mitgebracht und stolz der Familie vorgestellt. Dr. Christensen war Pfarrer der ehrwürdigen Marienkirche in Bad Segeberg und die Familie gab an diesem Abend traditionell einen Empfang.

Nach drei Predigten hatte er endlich seinen Talar ausgezogen, die Gäste zusammengerufen, sein Sektglas erhoben und allen eine frohe Weihnacht und viel Freude bei der Feier gewünscht.

Nun standen sie da, nur im engsten Familienkreis: Mama, Papa, Joels Brüder Niels und Geritt, seine Schwester Rieke und natürlich, ganz aufgeregt und wunderschön, seine Mirjam. „Du wolltest uns also eine ganz besondere Person vorstellen, Joel", lächelte Hans Christensen freundlich.

Joel war so aufgeregt. Er war der einzige der Geschwister, der das Abitur nicht geschafft hatte und nun eine Lehre als Zimmermann begonnen hatte. Aber dafür war er der erste, der eine Freundin in die Familie brachte.

„Ich möchte euch meine Freundin Mirjam vorstellen", lächelte er nervös. Wir haben uns in der Jugendgruppe der Gemeinde kennengelernt und sie ist seit ein paar Monaten meine Freundin."

Alle Blicke hatten sich zunächst auf die schüchterne Mirjam gerichtet und dann von ihr auf Hans, den Vater. Damals galt das Wort des Vaters viel und seine Reaktion würde jetzt entscheidend sein.

Der Pfarrer lächelte: „Das ist aber eine schöne Überraschung, dass gerade unser Joel es geschafft hat, unsere Familie mit so einer hübschen jungen Damen zu bereichern. Herzlich Willkommen bei den Christensen, Mirjam. Wir freuen uns darauf dich näher kennenzulernen."

Joel war so stolz in diesem Moment. Ihm war es immer peinlich gewesen, dass die anderen Geschwister scheinbar alle klüger waren als er. Irgendwie fühlte er sich in der Hierarchie immer ganz unten, obwohl das natürlich niemand so ausgesprochen hätte. Aber er, mit seinen gerade mal 18 Jahren, hatte als einziger eine Freundin, obwohl er der Jüngste war.

Als sie an diesem Heiligen Abend gemütlich ihre Shrimps knabberten, hatte Hans Christensen sich viel Zeit für Mirjam genommen. Sie war gerade erst 16 und würde im kommenden Sommer ihren Realschulbschluss machen. Danach vielleicht eine Ausbildung zur Krankenschwester. Natürlich waren auch in ihrer Familie Lutheraner und sie war in der Versöhnerkirche, bei einem Kollegen von Hans

Christensen, bei Pfarrer Bruns, konfirmiert worden. Alles wichtige Fragen, die bei so einem ersten Treffen geklärt werden mussten. Jedenfalls aus Sicht von Pfarrer Christensen.

„Ich glaub dein Vater mag mich", hatte sie erleichtert gesagt, als Joel sie kurz nach Mitternacht mit seinem alten Fiat Panda nach Hause fuhr und ihr einen Gute-Nacht-Kuss gegeben hatte. „Ich hatte mir solche Sorgen gemacht als du erzählt hast, wie strikt und konservativ deine Familie ist." „Du hast einen tollen Eindruck gemacht", grinste Joel. Papa hätte uns fast auf der Stelle verheiratet." „Aber dafür bin ich doch noch viel zu klein", lächelte Mirjam mit gespielter Entrüstung, bevor sie aus dem Auto sprang und in ihrem Elternhaus verschwand. „Danke für den schönen Abend. Frohe Weihnachten."

Sie hatte ihm noch einen Luftkuss zugeworfen und Joel schwebte auf Wolke 7, als er kurz vor 1 Uhr nachts vor dem Pfarrhaus parkte.

Die nächsten Wochen waren wunderschön. Sogar zum jährlichen Familienskiurlaub durfte Mirjam mitkommen. Die Familie hatte zwar darauf bestanden, dass seine Freundin im Zimmer seiner Schwester Rieke übernachtete, aber das hatte Joel auch nicht anders erwartet.

Ostern trafen sich sogar beide Familien zum gemeinsamen Lachsessen im Pfarrgarten. Eins ganz besonderer Moment für Mirjam Familie, die aus etwas einfacheren Verhältnissen kam.

Es hätte wohl ewig so perfekt weiterlaufen können, wenn ihnen da nicht dieser vermeintliche Fauxpas passiert wäre. Sie hatten gar nicht geplant miteinander zu schlafen und deswegen natürlich auch nicht an Verhütung gedacht. Unter Tränen hatte sie es ihren, Mirjams Eltern gebeichtet und das war der leichtere Teil. Man muss dazu sagen, dass es damals bei uns im Norden noch eine Zeit war, in der man sehr darauf achtete, ‚was denn die Leute sagen würden'. Und da hatte ein angesehener Pfarrer natürlich mehr zu verlieren.

„Aber deine Familie ist doch so gläubig", hatte sie, auf der kurzen Autofahrt zu den Christensens, hoffnungsvoll gesagt. „Christen glauben doch das Vergebung und Nächstenliebe wichtig sind. Vielleicht reagieren die viel liebevoller, als du denkst." Joel war da eher gedämpfter Hoffnung: „Schauen wir mal!"

Der Gottesdienst schien ewig zu dauern, die Kirchenbank irgendwie härter als sonst. Das gemeinsame Mittagessen, sie schoben die Karotten auf ihrem Teller hin und her und es war schwer zu schlucken. Nach dem Nachtisch hatte Joel geplant, es einfach zu beichten. Da war Papa immer am entspanntesten.

Heute schien er besonders fröhlich. Nachdem er den letzten Bissen seines Wildbratens in den Mund geschoben hatte, lächelte Hans geheimnisvoll: „Eure Mutter und ich haben eine Überraschung für euch. Gleich nach dem Dessert erzähle ich euch etwas sehr Schönes. Gerade du wirst dich sehr freuen, Joel."

Aber Joel freute sich in diesem Moment überhaupt nicht. Jetzt würde es noch länger dauern, bis er endlich beichten konnte. Ihm war richtig schlecht vor Aufregung.

Nach dem Birnenkompott war es dann endlich soweit.

„Ihr werdet euch so freuen. Joel, dein Patenonkel Fiete hat seine Forschungsarbeiten in Südafrika endlich abgeschlossen und wird Weihnachten mit seiner Familie bei uns verbringen. Wir haben schon ein Hotel in Timmendorf gemietet, werden direkt nach den Heiligabendgottesdiensten dorthin fahren und mit der erweiterten Familie zusammen die Weihnachtstage verbringen."

Sofort redeten alle fröhlich und gleichzeitig durcheinander. Joels Patenonkel Fiete war der Sonnenschein der Familie und Weihnachten mit ihm würde es fantastisch sein. Alle am Tisch brachten irgendwie gleichzeitig ihre Vorfreude zum Ausdruck. Nur Joel und Mirjam schwiegen.

„Was ist denn los?", sah ihn schließlich erstaunt der Vater an. „Ich dachte gerade du würdest dich am allermeisten freuen, Joel."

Joel schossen die Tränen in die Augen, er schämte sich so sehr. „Wir sind schwanger", brach es plötzlich aus ihm raus. „Wir wollten das nicht, es tut mir so leid. Ich kann verstehen, wenn ihr jetzt alles sauer auf uns seid."

Dann begannen Mirjam und Joel laut zu schluchzen, während fünf Augenpaare sie ungläubig anstarrten.

Die Abfuhr die Joels Papa ihnen danach erteilte und die spitzen Bemerkungen seiner Geschwister bekamen sie gar nicht richtig mit. Auf jeden Fall herrschte seitdem Eiszeit und natürlich waren die beiden für die Familienfeier ausgeladen.

So saßen die beiden, Mirjam inzwischen hochschwanger, nach dem Heiligabendgottesdienst zu zweit in seinem Elternhaus in Bad Segeberg. Die Familie war längst auf dem Weg nach Timmendorf und Joel hatte sich entschlossen Mirjam ein bisschen zu verwöhnen. Er hatte ihre Lieblingssnacks eingekauft und dabei gedacht: schwangere Frauen essen aber auch komisches Zeug. Sogar ein Video mit einer romantischen Komödie hatte er besorgt.

„Endlich haben wir mal sturmfrei!", hatte Joel gesagt, aber Mirjam wusste, dass er jetzt am liebsten ganz woanders wäre und das tat ihr so leid.

„Wie lange fährt man eigentlich von hier zum Timmendorf Strand?", fragte sie Joel. „Bei diesem Wetter kann locker mit einer Stunde rechnen, warum?"

„Weil ich will, dass du mich da jetzt hinfährst!" „Es ist gleich 22:00 Uhr und du weißt wie unbequem mein Fiat Panda ist. Die Heizung funktioniert auch nicht richtig."

Aber wenn Mirjam sich etwas in den Kopf gesetzt hatte, war mit ihr nicht zu argumentieren.

So saßen sie um kurz nach 23:00 in seinem kalten Panda. „Nur noch 20 Kilometer. Wir sind gleich in Scharbeutz." Er blickte verliebt zu ihr rüber und schluchzte als er sah, wie sie, kugelrund, versuchte es sich auf dem unbequemen Beifahrersitz irgendwie halbwegs gemütlich zu machen.

„Wir gehören zu den Christensens", hatte er den Sicherheitsleuten zugerufen und die hatten ihn direkt in die Tiefgarage fahren lassen.

Die Familienfeier war in einem Restaurant in der 12. Etage noch voll in Gange. Sie konnten die Musik hören. Durch eine Glastür hatte er sogar kurz das Gesicht seines Vaters gesehen, der mit einem Kellner sprach und dabei mit dem Kopf schüttelte.

Wenig später kam dieser zu ihnen nach draußen und schüttelte ebenfalls den Kopf. „Es tut mir leid, ich habe

Anweisungen sie hier nicht hereinzulassen. Sie sind hier nicht erwünscht."

„Es tut mir so leid", schluchzte Mirjam. „Nur weil du trotz allem zu mir und unserem Kind stehst, bist du hier nicht erwünscht."

Und so kam es, dass Mirjam in dieser bitterkalten Nacht in der zugigen Tiefgarage des Maritim Hotels zusammenbrach und mit Hilfe eines Notarztes in Joels Fiat Panda einen gesunden Jungen zur Welt brachte, für den sich in dieser Nacht, außer Mirjam und Joel und vielleicht Gott, niemand zu interessieren schien.

Frank Bonkowski

Joyce

Der Weihnachtsmarkt der früheren Residenzstadt war ein beliebter Treffpunkt. Wolfgang, Pit und Uwe hatten miteinander verabredet, ihre wöchentlichen Laufrunde im Bürgerwäldchen ausfallen zu lassen und stattdessen durch die funkelnden Budengassen zu bummeln. Wolfgang hatte schon ein paar Tage zuvor mit seiner Frau den traditionellen Marktbesuch absolviert. Heute konnte er den Zauber und das Getümmel auf sich wirken lassen, ohne sich an Ständen aufzuhalten, die ihn eigentlich nicht interessierten, und über Geschenke mitentscheiden zu müssen, die seiner Ansicht nach niemand wirklich brauchte.

Ihr Weg führte die drei Freunde zu „Marios Glühwein-Paradies", wo man sich durch mehrere Sorten des Heißgetränks probieren konnte. Die eigentliche Zugkraft entfaltete aber nicht der Glühwein. Am Nachbarstand gab es „echte Thüringer" vom Holzofengrill. Pit trat soeben mit drei Würsten an den runden Stehtisch.

„Die ohne Senf ist für dich", sagte er zu Wolfgang und drückte ihm das Brötchen mit der gebratenen Kostbarkeit in die Hand. „Ich versteh zwar nicht, dass man auf die Krönung verzichten kann ..."

„Eine richtig gute Wurst zeichnet sich dadurch aus, dass sie auch ohne Senf nicht fade schmeckt", sagte Wolfgang lachend. „Ich habe inzwischen deinen Becher nochmal auffüllen lassen."

„Mit euch kann man unter die Leute". Pit grinste. „Dann lassen wir es uns schmecken."

Uwe nickte und biss in die Wurst. Wie so oft war sie so frisch vom Grill eigentlich zu heiß. Er hoffte, dass er sich nicht die Zunge verbrannt hatte, denn mit pelzigem Gefühl reduzierte sich das sinnliche Vergnügen.

Die nächsten Minuten standen die Männer schweigend in der Runde und zwei von dreien waren darauf konzentriert, ihre Jacke frei von Senfklecksen zu halten. Endlich richtete Wolfgang das Wort an Uwe: „Weißt du eigentlich schon, wie du dieses Jahr die Feiertage verbringen wirst?"

Uwe deutet auf seinen vollen Mund. Nachdem er den letzten Bissen hinuntergeschluckt hatte, räusperte er sich. Dann nahm er einen Schluck Wein, ehe er achselzuckend antwortete: „Nö. Da habe ich mir keine Gedanken gemacht. Wieso?"

Pit starrte verlegen in seinen Becher. Nun räusperte sich Wolfgang, bevor er auf die Gegenfrage einging: „Hm, ja. Gegenüber den letzten Weihnachten hat sich bei dir doch manches verändert. Verzeih, ich wollte nicht in der Wunde rühren, aber es werden die ersten Weihnachten ohne Bettina."

Uwe zuckte wieder mit den Schultern. Wolfgang fuhr fort: „Petra hätte nichts dagegen, wenn du an Heiligabend zu uns kommst."

„Ich weiß nicht", erwiderte Uwe und schob sich die Pudelmütze aus dem Gesicht.

„Du musst natürlich nicht mit in den Gottesdienst", fügte Wolfgang eifrig hinzu, „es ist völlig okay, wenn du erst zum Abendessen kommst."

Uwe kratzte sich am Hals. Auf die Idee, mit in die Kirche zu gehen, wäre er wohl als letztes gekommen. Zwar hatte er Petra und Wolfgang versprochen, sich ihren seltsamen Verein, den sie Freikirche nannten, irgendwann einmal anzusehen, doch es musste nicht gerade an Weihnachten sein. Andererseits hatte ihn der dritte Becher Glühwein und die Atmosphäre inmitten der weihnachtlichen Illumination in eine aufgeräumte Stimmung versetzt. Vielleicht war es höflich und bereitete Petra und Wolfgang zudem eine kleine Festfreude, wenn er nicht nur die Einladung zum Essen annahm. Schließlich hatte er früher auch Bettinas Eltern immer den Gefallen getan, sie an Weihnachten in die Kirche zu begleiten.

„Die Einladung ist ja eine nette Idee", sagte er schließlich „ich glaube zwar, dass ich Bettina inzwischen keine Träne mehr hinterher weine, aber ich wäre wohl nicht der Erste, den an einsamen Weihnachtstagen der Moralische überkommt. Das mit dem Gottesdienst überlege ich mir noch." Er klatschte in die Hände: „Wie sieht es nun aus, Männer? Bratwürste oder Glühwein? Die nächste Runde geht jedenfalls auf mich."

**

Im Grunde war es schon das dritte Weihnachtsfest ohne Bettina. Nur hatte es bei den ersten beiden niemand mitbekommen. Vor zwei Jahren hatten sie sogar noch gemeinsam alle üblichen Familienbesuche absolviert, obwohl Bettina ihm kurz zuvor kategorisch das „Aus" ihrer Ehe erklärt hatte. Sie hatte ihm auch gestanden, dass es da einen Sören oder Thorben gab, mit dem sie sich eine bessere Zukunft versprach.

Letztes Jahr dann hatte Bettina die Weihnachtstage bei einem Heiner oder Ulf verbracht, während Uwe sich daheim im Wohnzimmer vor dem Fernseher die Kante gegeben und sein treuloses Weib verflucht hatte. Keiner seiner Freunde hatte bis dahin das Drama mitbekommen, doch Anfang des Jahres war Bettina ausgezogen und im September war dann schon die Scheidung über die Bühne. Denn ihre Trennung von Tisch und Bett war ja schon lang vor Bettinas Umzug zu diesem Bernd oder Günther vollzogen gewesen.

Uwe verstand bis heute nicht, warum Bettina in ihren frühen 40ern plötzlich eine solche Sturm- und Drangphase entwickelt hatte. Sicher wäre alles anders gekommen, wenn sie Kinder gehabt hätten. Allerdings hatten Bettina und er sich auseinandergelebt, keine gemeinsamen Interessen gehabt und kaum Freunde, mit denen sie sich als Paar gut verstanden. Für ihn waren Pit und Wolfgang Kumpels, mit denen er gerne etwas Sportliches unternahm, während Bettina sich zuletzt gerne mit einigen jüngeren Kolleginnen auf Kneipen- und Clubtour begab, wo sie vermutlich die meisten dieser Thorbens und Ulfs kennenlernte.

**

„Oh du Fröhliche". Das altbekannte Lied im gewöhnungsbedürftigen Calypso-Arrangement klang noch in Uwe nach, während er mit Wolfgang, Petra, Joyce und Charley durch den Schnee stapfte. Sie würden zu fünft den Abend verbringen. Joyce und ihr Bruder gehörten zu der Band, die den Gottesdienst musikalisch begleitet hatte. Wie ihm Wolfgang erklärt hatten, waren die beiden Geschwister vor sieben Jahren nach Deutschland gekommen. Sie waren die vermutlich einzigen Überlebenden einer Familie, deren Dorf von Rebellen überfallen worden war. Joyce und Charley waren damals einige Reisestunden entfernt vom Geschehen gewesen. Charley hatte zudem einen größeren Geldbetrag bei sich, weil ihn die Familie dazu erkoren hatte, sein Glück in Europa zu versuchen. Joyce sollte ihm einige Tage Geleit geben und ihm bei den letzten Besorgungen helfen. Sie hielten sich noch in der Bezirkshauptstadt auf, als dort die Nachricht vom Massaker in ihrem Heimatdorf eintraf. Daraufhin planten Joyce und ihr Bruder, sich zu zweit durchzuschlagen.

Weder Wolfgang noch Petra wussten etwas über die weiteren Umstände der Flucht, auch wenn sie die beiden Geschwister seit Jahren zu ihren Freunden zählten. Joyce hatte ihnen einmal kategorisch erklärt, nicht über die Vergangenheit sprechen zu wollen. Nur über den Verlust ihrer Familie konnten sie nicht schweigen, denn deren Schicksal bestimmte über ihr Aufenthaltsrecht in Deutschland.

Die erste weiße Weihnacht seit Jahren", bemerkte Uwe. „Habt ihr schon einen Heiligabend im Schnee erlebt?" Charley schüttelte lachend den Kopf. „Nein. Aber wir haben das auch noch nie vermisst." Seine Schwester erklärte: „Aber wir wissen inzwischen, dass zu einer richtigen deutschen Weihnacht Schnee gehört. Und mir gefällt das. Schon wegen der Begeisterung der Kinder."

„Joyce arbeitet als Erziehungshelferin", erklärte Petra. Die Afrikanerin grinste: „Ich habe schon als Kind immer auf die jüngeren Geschwister aufgepasst. Daher passte das mit dem Job im Kindergarten."

„Seit kurzem leitet Joyce regelmäßig den Kindergottesdienst unserer Gemeinde", mischte sich nun Wolfgang ein. „Sie ist ein pädagogisches Naturtalent, und es ist eigentlich ein Jammer, dass sie im Kindergarten nur als Hilfskraft angestellt ist."

Joyce winkte ab. „Wichtiger ist, dass Charley jetzt eine vernünftige Ausbildung hat. Ich komme ganz gut zurecht. Die Kolleginnen akzeptieren mich auch ohne Studium."

„In Deutschland zählen leider nur Zeugnisse und Abschlüsse", bemerkte Uwe. „Mindestens bei der Bezahlung."

„Wie gesagt, ich komme zurecht. Auch was das Geld betrifft", erwiderte Joyce lächelnd.

Uwe nickte ihr zu. „Schön, dass du das so sehen kannst. Ehrlich." Zögernd fügte er hinzu: „Du bist übrigens eine tolle Sängerin."

Joyce dankte ihm für das Kompliment, ohne dabei verlegen zu wirken.

Uwe war vom Klang ihrer Stimme und von ihrer Ausstrahlung auf Anhieb begeistert gewesen. Dass er nun die Gelegenheit bekommen sollte, sie während des Weihnachtsessens näher kennenzulernen, erhöhte seine Vorfreude auf einen Abend am festlich gedeckten Tisch. Zufrieden mit sich und der Welt erhob er seinen Blick zum klaren Abendhimmel. Dank guter Freunde wie Petra und Wolfgang hatte der Heilige Abend von dem Schrecken verloren, den er auf einsame Menschen zweifellos hatte. Auch dass die Weihnachtsbotschaft mit der Stimme von Joyce sein Herz erreicht hatte, verschaffte ihm ein behagliches Gefühl.

**

Es sollte ein einmalig schöner Abend werden. Ein Abend mit Folgen. Ein Abend, der allerdings ungeahnte Turbulenzen in Uwes Leben gebracht hatte.

Was seine geschiedene Frau wohl sagen würde, wenn sie sehen könnte, wie er jetzt einen sperrigen Zwillingskinderwagen durch die weihnachtlich geschmückte Stadt schob. Zwei knopfäugige kleine Wuschelköpfe saßen aufrecht und selbstbewusst in dem Gefährt und blickten fröhlich in die Welt.

Er hatte es im Wettstreit gegen die Uhr geschafft, Florence und Benjamin in die Kleider und Mäntelchen zu stecken, die ihre Mama sorgfältig ausgesucht und zurechtgelegt hatte, ehe sie selbst in die Kirche vorausgeeilt war, um mit der Band noch zu proben. Als Uwe den Kinderwagen ins Foyer schob, wurde er mit großem Hallo empfangen. Die Zwillinge waren gerade die Stars in der Gemeinde.

Joyce kam auf ihn zugelaufen, drückte ihm einen Kuss auf die Wange und wandte sich den begeisterten Kleinen zu, um sie zu herzen. Dann riss sie sich wieder von den Lieblingen los, denn bis zu ihrem ersten Lied dauerte es kaum noch zwei Minuten, wenn der Gottesdienst pünktlich begann.

„Joy to the World" erklang zum Anfang; Charley hatte den Choral zum Reggae umgeschrieben. Während er die Zwillinge auf den Knien wippen ließ, folgte Uwe hingerissen dem Auftritt seiner Frau. Sie entzückte ihn heute noch mehr als damals vor drei Jahren, als er sie zum ersten Mal gesehen und gehört hatte.

Viel war seitdem geschehen. Uwes Leben hatte sich nicht nur äußerlich verändert. Er hatte durch Joyce wieder Zugang zum christlichen Glauben gefunden und besuchte regelmäßig Gottesdienste. Er war heimisch in der Gemeinde geworden und fand bis auf einzelne Ausnahmen seine Mitchristen sympathisch. Zu den Leuten, mit denen er sich schwertat, gehörten Holger und Sabrina, die heute nicht auf ihrem Stammplatz, sondern eine Bankreihe hinter ihm saßen.

„Dass diese Band unsere schönen Weihnachtslieder so afrikanisch verhunzen müssen", raunte Holger seiner Frau mit unterdrückter Stimme, aber für Uwe deutlich vernehmbar, zu. Uwe spürte, wie ihm das Blut ins Gesicht schoss und ihm heiß wurde. Er widerstand der Versuchung, sich umzudrehen, doch seine Ruhe und seine Freude am Gottesdienst waren mit einem Mal dahin. Besonders besinnlich wäre die Stunde mit zwei Kindern auf dem Schoß zwar ohnehin nicht geworden; vielleicht hätte er sich auch mit Flori und Benji irgendwann in den Nebenraum begeben, weil sie mit der Zeit zu unruhig wurden. Aber die bösartige Bemerkung ließ ihn an seinem Platz wie festgenagelt verharren.

Uwe wusste, dass es nicht um den Musikstil ging, sondern dass Holger ein Problem mit Asylanten hatte. Zum Leidwesen des Pastors versuchte Holger immer wieder, innerhalb der Gemeinde für die Partei zu werben, der er beigetreten war. Es sei um den Schutz des christlichen Abendlandes besorgt, nahm Holger immer wieder neue Anläufe. Gegenüber Joyce und Charley hatte sich Holger zunächst korrekt verhalten; die beiden Afrikaner seien wenigsten Christen, meinte er. Doch seit Joyce einmal einige arabische Muslima in den Frauenkreis mitgebracht hatte, Mütter, die sie vom Kindergarten her kannte, schien Holger auf Distanz gegangen. Sabrina, die offensichtlich mit ihrem Mann auf einer politischen Wellenlänge war, musste ihn aufgewiegelt haben.

Dietrich, der Pastor, nahm die Weihnachtsgeschichte in diesem Jahr wieder zum Anlass, an das Los der Flüchtlinge auf der ganzen Welt zu erinnern. „Lasst uns nicht vergessen, dass Jesus ein Kind von Obdachsuchenden war", appellierte er ans Gewissen seiner Zuhörer.

„Gutmenschen-Geschwätz", zischte es in Uwes Rücken. „Josef und Maria waren schließlich keine Schmarotzer."

Uwe biss sich auf die Lippen.

Als der Pastor nun die Flucht der Heiligen Familie nach Ägypten erinnerte, raunte Holger seiner Frau zu: „Warum erwähnt er nicht, dass sie freiwillig wieder in die Heimat zurückkehrten?"

In Uwe stieg Wut hoch. Er wusste, dass Holger und Sabrina gutsituiert waren, auf großem Fuß lebten und ihren Urlaub in exotischen Gegenden verbrachten. Sie hatten zwei gesunde Töchter. Wie konnte man da solche Missgunst gegenüber Bedürftigen entwickeln? Irgendwann würde er sich Holger vorknöpfen, nahm Uwe sich vor. Vielleicht nicht gerade heute an Heiligabend, doch vermutlich in nächster Zukunft!

**

Wie in vielen anderen Kirchen war der Gottesdienst am ersten Weihnachtsfeiertag im Gegensatz zu Heiligabend eine Angelegenheit für die Stammbesucher. Auch Uwe und Joyce hätten sich vielleicht fürs Ausschlafen entschieden, doch Joyce gestaltete heute das Kinderprogramm. Nach dem Gottesdienst wartete Uwe im Foyer auf seine Frau. In seiner Nähe hatten sich einige Eltern postiert, um ihre Kinder in Empfang zu nehmen.

Der Geräuschpegel im Nebenraum erhöhte sich. Dann ging die Tür auf, und die Kinder kamen fröhlich herausgestürmt. Auch Holger und Sabrina erwarteten ihre beiden Töchter. Nelly und Julia verließen zusammen mit Joyce den Kindergottesdienstraum, blieben aber an der Tür stehen und plauderten munter mit ihrer Leiterin.

Uwe bemerkte den Unmut in Holgers Miene. Schließlich rief er seine Töchter zu sich. Die beiden trotteten durch das Foyer, schenkten den Zwillingen im Kinderwagen im Vorbeigehen ein Lächeln und Nelly, das ältere der beiden Mädchen, rief ihren Eltern zu: „Erlaubt ihr uns, dass wir Joyce heute Nachmittag besuchen. Wir können dann mit Flori und Benji spielen. Außerdem hat Joyce eine total schöne Krippe aufgebaut, die wir sehen möchten."

„Ihr wisst doch, dass wir heute die Großeltern besuchen", sagte Sabrina mit erhobener Stimme, vermutlich damit Uwe und Joyce es mithören konnte.

„Nein", Nelly schüttelte vehement ihr Köpfchen. „Das ist morgen! Heute Mittag, das habt ihr doch gesagt, haben wir zum Glück keine lästigen Termine."

Sabrina wurde puterrot. „Äh, ja, da habe ich etwas verwechselt. Aber es geht trotzdem nicht."

„Macht doch den beiden die Freude!" Joyce war nähergetreten und reichte Holger und Sabrina die Hand. „Die beiden sind ganz vernarrt in unsere Babys. Auf einen Becher Kaffee könnt ihr doch hereinschauen."

Uwe war nicht gerade begeistert über die Einladung, die Joyce in ihrer unverkrampften Art ausgesprochen hatte, doch er rang sich zu einem Kopfnicken durch. Er hoffte, Holger würde entschieden Widerstand leisten, doch als die beiden Mädchen nun drängten und bettelten, schaute dieser etwas hilflos zu Uwe und murmelte: „Wo wohnt ihr denn überhaupt?"

**

Holger und Sabrina standen mit ihren Kleinen pünktlich zur vereinbarten Zeit vor der Tür. Sie drückten ihren Gastgebern verlegen eine Flasche Wein und Pralinen in die Hand. Der „total schönen" Krippe, die auf einem Regal in der Nähe des Christbaumes aufgebaut war, schenkten die Mädchen nur kurz ihre Aufmerksamkeit; dann rutschten sie schon auf den Knien durchs Wohnzimmer und krabbelten Flori und Benji entgegen, die sich über die Spielkameradinnen lautstark freuten.

„Die ist wirklich schön", lobte Sabrina die handwerklich hergestellte Krippe, die von Uwes Großvater stammte. „Nicht wahr, Holger."

Holger nickte. „So was hat heute einen echten Marktwert."

Uwe konnte einen Seufzer nicht unterdrücken. Da schaltete Holger und ergänzte: „Aber der ideelle Wert ist natürlich noch viel größer. Unbezahlbar."

„Setzt euch doch", forderte Joyce die Gäste auf. „Der Kaffee ist gleich fertig. Und bedient euch bei den Plätzchen."

Die Stimmung unter den Erwachsenen war verkrampft, während die Kinder sichtbar und hörbar Freude aneinander hatten, was schließlich auch Sabrina mit einem Lächeln quittierte.

„Eure Zwillinge sind ganz schön lebhaft", stellte Holger fest. „Ist man da abends nicht fix und fertig?"

„Uwe schon", sagte Joyce lachend. „Aber eine afrikanische Mama steckt das weg. Vielleicht wird das mal anders, wenn wir sechs oder acht Kinder haben, wobei dann ja die Großen schon auf die Kleinen aufpassen können."

Nicht nur Sabrina und Holgers Unterkiefer klappte bei dieser Aussage nach unten. Auch Uwe schaute seine Frau entgeistert an.

Joyce zwinkerte ihm zu, ehe sie sich an die Gäste wandte: „Sorry. Mein Mann weiß offensichtlich noch gar nichts von meiner Familienplanung."

Während sich Uwe wieder entspannte, notierte er, wie sich nun das andere Ehepaar einen Blick zuwarf. Vielleicht überschlugen sie den Kindergeldbetrag, den Joyce mit ihrer Gebärfreudigkeit den Staat kosten würde.

Zu Uwes Überraschung bemerkte Holger knapp: „Wir waren sieben Kinder in meinem Elternhaus."

„O, so etwas ist doch sehr selten in Deutschland", kommentierte Joyce.

„Kann man so sagen", bestätigte Holger, „wir galten quasi als asozial. War nicht leicht für meine Eltern. Wir wohnten dann auch in einer Gegend, wo es fast nur Ausländer gab. Woanders wäre die Miete zu teuer gewesen. In der vierten Klasse waren wir gerade mal drei Deutsche. Einer davon mein älterer Bruder, der hängengeblieben war. Meine Großfamilie will ich nicht missen, aber die Umstände waren nicht einfach. Sabrina meint, ich ginge mit meinen politischen Ansichten deshalb heute manchmal durch die Wand."

Sabrina wandte sich an Joyce: „Als ich ihm erzählt hatte, dass du einige muslimische Frauen zu uns in die Gemeinde eingeladen hattest, hatte er fast eine schlaflose Nacht. Dabei empfand ich das als eine gute Idee von dir. Ich meine, wenn sie irgendwie radikal wären, würden sie doch gar nicht kommen. Und wie sollen sie was von Jesus hören, wenn wir sie meiden?"

„Na ja", erklärte Holger beschwichtigend, „Ich will halt nicht, dass hier irgendwann der Islam das Zepter übernimmt. Es reicht mir, dass wir in der Grundschule als Schweinefleischfresser gemobbt wurden."

Holger fixierte die Kaffeetasse, die vor ihm stand, während Sabrina fortfuhr: „Ich meine, ich finde es ja gut, dass er sich politisch engagiert und in einigem gebe ich seiner Partei sogar recht. Aber man darf trotzdem nicht alle Fremden über einen Kamm scheren,"

Nun blickte Holger auf und warf ein: „Ich betone ja auch immer wieder, dass ich nichts gegen Ausländer habe, aber ..."

Uwe prustete los: „Verzeiht mir. Doch wenn einer einen Satz beginnt mit ‚Ich habe nichts gegen Ausländer' reitet er sich mit dem ‚aber' meist in Schwulitäten hinein."

Jetzt lachte Joyce: „Hast du gerade Schwulitäten gesagt? Ist das nicht homophob?"

„Schwierigkeiten", verbesserte sich Uwe und war etwas aus dem Konzept. „Ich meine, das ist doch eine typische Phrase und Ausflucht deiner Parteifreunde, wann immer man sie als Rassisten bezeichnet."

„Ich bin da durchaus nicht mit allen in der Partei auf einer Linie", verteidigte sich Holger. „Aber du musst mir schon abnehmen, dass ich im Zusammenleben mit Ausländern mehr Erfahrung habe als die meisten dieser Akademiker, die meinen, Zuwanderung sei keinerlei Problem." Nach einer kurzen Pause fügte er hinzu: „Und ich habe garantiert nichts dagegen, dass wir Leuten wie Charley oder Joyce helfen, die wirklich vor Verfolgung geflüchtet sind."

„Papa?" Nelly war unbemerkt an den Tisch getreten. „Streitest du dich mit Uwe? Das möchte ich nicht."

„Wir streiten uns ja gar nicht", erklärte Holger.

Uwe, der eben zu einer geharnischten Gegenrede auf Holgers Ausführungen ansetzen wollte, musste unwillkürlich schmunzeln.

Während sich Nelly wieder zu Benji auf den Boden warf und den Kleinen zu dessen Vergnügen durchwalkte, verwarf Uwe das, was er über Holgers Partei hatte sagen wollen. Stattdessen deutete er auf die spielenden Kinder und sagte: „Zwei Blondschöpfe und zwei dunkelhäutige Wuschelköpfe. Ich hoffe, sie werden immer so unbefangen miteinander umgehen und sich einfach mögen."

Alle Blicke richteten sich auf die Kleinen. Uwe fuhr fort: „Wisst ihr. Ich mach mir schon ein paar Gedanken, was meine Zwillinge noch erleben werden, wenn sie nicht mehr nur klein und niedlich sind. Charley und Joyce sammeln ab und zu ihre Erlebnisse mit Alltagsrassismus." Sein Blick richtete sich auf Holger: „Wenn unter den vielen Menschen, denen sie tagtäglich begegnen, nur ein rassistischer Idiot ist, kann das schon reichen, ihnen eine Stunde oder einen Ort gründlich zu vergällen."

„Warum schaust du mich dabei an," fragte Holger und wirkte irritiert.

„Nicht weil ich dich für einen Rassisten halte, sondern weil du Kontakt hast zu Leuten, denen ich das unterstelle. Und ich glaube, wenn du solchen Leuten entgegentrittst, dann bewirkt das mehr als wenn ich als linksliberaler Spießer das tue."

Holger nickte bedächtig. „Es ist zwar nicht so, dass in meiner Partei unentwegt gehetzt wird, aber ich verstehe glaube ich, was du meinst."

Sabrina mischte sich nun wieder ein: „Auf dem Weg hierher habe ich Holger eindringlich gebeten, nicht mit

Politik anzufangen. Aber ich glaube, vorhin war ich es selbst, die das Stichwort geliefert hat. Wollen wir uns nicht lieber an den Kindern und dem schönen Christbaum erfreuen, statt immer alles zu problematisieren? Ich finde übrigens deine Plätzchen fabelhaft, Joyce."

„Ich mag auch Plätzchen von Tante Joyce", meldete sich nun die kleine Laura. „Und dann will ich noch, dass sie wie im Gottesdienst mit uns allen singt. Dieses Lied aus Afrika."

„Jaaa", verstärkte Nelly die Forderung ihrer kleinen Schwester und ließ Joyce keine Wahl.

So klang es wenig später aus kleinen und großen Kehlen: „Mary hat ein Baby." Joyce hatte dazu Bongos aus ihrer Instrumentensammlung verteilt und zur Freude der Kinder, bemühten sich auch Holger und Sabrina eifrig, den passenden Rhythmus zu treffen.

„Schönstes Baby Jesus", schallte es im Chor.

Rainer Buck

Omas Wunderkind

Als endlich auch die letzte Autotür zugeknallt war, ließ Lisa all ihren Tränen freien Lauf. Vorn saßen ihre Eltern, sie selbst saß mit ihrer Oma, die extra wegen des heutigen Konzerts angereist war, auf der Rückbank. „Ja, solche Migräneanfälle sind scheußlich. Als junges Mädchen wurde ich jahrelang von Migräne geplagt", sagte Oma und streichelte Lisas Hand, was noch mehr Tränen zu Tage förderte.

„Lisa hatte noch nie Migräne", setzte Lisas Mutter nach. „Nicht, dass du sowas jetzt öfter bekommst. Vielleicht war es ja auch nur die Aufregung." Wenn die wüssten, dachte Lisa und wünschte sich dringlichst in ihr Bett hinein. Ihre Querflöte würde sie unters Bett schießen. Nie wieder wollte sie sie sehen.

Zu Hause ging Lisa sofort in ihr Zimmer und tat, was sie sich vorgenommen hatte. Für Lisas Oma und den Vater machte die Mutter Kaffee. Der Vater stand gleich wieder auf und ging auf den Balkon seine Marlboro rauchen. „Wollte Jürgen nicht aufhören zu rauchen?", fragte die Oma ihre Tochter. Aber da ging die Balkontür bereits wieder auf und Jürgen kam herein. „Ich glaube nicht an Lisas Migräne. Der ist doch nur peinlich, dass sie sich verspielt hat."

„Sie hat sich verspielt?", fragte völlig verblüfft die Oma. „Ich habe nichts bemerkt." Der Vater blieb bei seiner Sicht

der Dinge. „Ja klar hat sie sich verspielt," redete er sich in Rage. „Sie musste sogar neu ansetzen und von da an war sie völlig verkrampft und ihre Bewegungen ein Witz."

„Aber sie hat ihr Stück schon seit September geübt", meinte Lisas Mutter. „Sie konnte es sogar ohne Blatt fehlerfrei spielen." Plötzlich wurde die Oma hellhörig. Sie stand auf und sagte: „Ich geh mal zu Lisa."

Ganz leise schloss die Oma Lisas Zimmertür und sah ihre Enkelin auf dem Bett liegen. Ihr Gesicht hatte sie in ihrem Kopfkissen vergraben. Für sie waren Advent und Weihnachten vorbei. Die Oma setzte sich auf Lisas Bett und Lisa hob überrascht ihren Kopf: „Ach Oma, wie schön, dass du da bist." Lisa fing erneut an zu weinen und legte ihren Kopf auf den Schoß ihrer Oma. Sie fragte: „Weißt du noch, wie wir beide früher immer Omastunde gemacht haben?" Versonnen lächelte die Oma und nickte: „Ja sicher weiß ich das noch, das waren immer die schönsten Stunden mit dir. Du hast mir so viele Geheimnisse erzählt und manchmal haben wir beide zusammen gegackert, als ob deine Oma selbst noch ein kleines Mädchen gewesen wäre."

„Das ist alles schon so lange her Oma", meinte Lisa. Aber ihre Oma konterte: „Mir scheint, es wird höchste Zeit für eine neue Omastunde." Die letzten Tränen wischte sich Lisa nun aus dem Gesicht und dann ließ sie all ihren Ärger heraus: „Ich hasse alle diese Vorspiele und alle Wettbewerbe. Die Eltern kommen da mit ihren neu und nobel eingekleideten Kindern an, direkt vor ihrem Auftritt werden sie noch mal frisiert und dann lassen sie ihre Wunderkinder auf die Bühne. Neulich beim Wettbewerb hat Marco nicht die Höchstzahl der Punkte bekommen und weißt du, was die Mutter der Jury mitgeteilt hat: Sie wird sie anzeigen. Es ist kaum auszuhalten mit all diesen Wunderkindern. Kann man nicht einfach so ein Musikinstrument spielen?"

„Wunderkinder habt ihr also in eurer Musikschule?", fragte die Oma nach und Lisa antwortete sogleich: „Manche Mütter kleiden ihre Wunderkinder für jedes Konzert neu ein, die teuersten Blusen sind gerade gut genug. Jede Mutter denkt, sie hat das perfekte Wunderkind und wehe es bringt nicht in jeder Sekunde Topleistung, dann haben immer andere Schuld."

Lisas Oma lächelte zufrieden. Wusste sie nun doch, dass Lisa keinen Migräneanfall hatte. „Weißt du Lisa, ich werde im Januar 80 Jahre alt, ich habe so viel in meinem Leben gesehen, aber Wunderkinder habe ich wirklich nur eins kennengelernt." Lisa schaute irgendwie ungläubig ins alte und faltige Gesicht ihrer Oma.

„Wunderkinder werden nicht bei jeder Gelegenheit neu und nobel eingekleidet", begann die Oma zu erzählen: „Ich kenne ein Wunderkind und du kennst auch eins." Fragend schaute Lisa ihre Oma an: „Du kannst dich nicht mehr an Jesus erinnern?"

„Natürlich kann ich mich an deinen Jesus erinnern. Du hast mir früher immer Geschichten von ihm erzählt. Aber warum war der denn ein Wunderkind?"

„Jesus hat Wunder vollbracht. Erinnere dich mal z. B. an den Blinden, den hat er sehend gemacht. Und noch eins, Jesus ist nicht nur mein Jesus. Er will auch dein Jesus sein, wenn du es nur zulässt. In einem dunklen, kalten

Stall wurde er geboren. Könige und Hirten kamen und wollten das Wunderkind begrüßen. Mächtige und Menschen wie du und ich kamen um ihn zu sehen. Glaube mir, er ist das einzige Wunderkind in unserer Welt.

Christian Döring

Weihnachten in der Sporthalle

Es war schon fast Mitternacht in der großen Sporthalle und Bogumil und Krasmira versuchten zu schlafen. Aber das war leichter gewünscht als getan in dieser kalten Januarnacht vor dem orthodoxen Weihnachtsfest. Wie schon früher als sie noch Kinder waren lagen sie bei dem Versuch ihre Aufregung zu zähmen auf dem Rücken. Aber statt des beruhigenden heimischen Sternenhimmels sahen sie hier nur das unheimliche Leuchten der grünen Fluchtwegbeleuchtungssysteme. Es schien nie ganz dunkel werden zu wollen an diesem Ort, den die Einheimischen „Erstaufnahmeeinrichtung" nannten. Und auch wenn sie helle Dunkelheit gewohnt waren von ihren Nächten auf den reichen Kornfeldern von Schitniza, kamen hier noch erschwerend die Geräusche von hunderten von anderen Schlafsuchenden dazu, die die Halle erfüllten. Dicht aneinander gedrängt lagen die Menschen auf Feldbetten. Das gab ihnen zwar auch das Gefühl nicht ganz alleine mit ihrem Schicksal zu sein. Aber in Wahrheit war einfach kein anderer Raum in einer Herberge dieser Stadt gefunden worden, deren Namen sie sich nicht merken konnten, weil er gar so fremdländisch klang. Es war kühl und eine ständige Luftzirkulation wehte Gerüche von Angst, Erleichterung und Verdauung durch die Halle. Um das ein wenig abzumildern hatte eine Kirchengemeinde Weihrauchfässchen gespendet und auf den Zimtduftbäumchen aus einem ortsansässigen Autohaus wurde ihnen immer eine sichere adventliche Ankunft mit den Fahrzeugen ihrer Marke versprochen. Das war zwar nett gemeint, wirkte aber doch angesichts der Intensität der Ausdünstungen eher nur wie der dünne Zuckerguss auf einem trockenen Kuchen. Sie beklagten sich jedoch nicht, denn man hatte ihnen schon recht schnell zu verstehen gegeben, dass sie als Gäste ruhig ein wenig dankbarer sein könnten. Dabei waren sie doch gar nicht aus eigenem Antrieb oder mit irgendwelchen Ansprüchen hierhergekommen.

Eines Tages war aus heiterem Himmel das Dekret eines machtgierigen Präsidenten erlassen worden, dass alle Menschen wieder in ihre alten Grenzen zurückkehren müssten. Und dann wurde ihre Heimat von seinen Soldaten überfallen und nun waren sie bereits seit Wochen auf der Flucht. Immerhin hatten sie dabei, mussten sie in einem Anflug von Galgenhumor schmunzeln, eine Wanderung quer durch den ganzen Kontinent erfolgreich hinter sich gebracht, wo ihnen doch zu Schulzeiten jeder kleine Wandertag immer wieder als unüberwindliche Herausforderung vorgekommen war. In der Sporthalle nun endlich einmal wieder gemeinsam auf dem Rücken liegen zu können und nicht nur abwechselnd dahindämmern zu müssen, zusammengekauert in Kellern, unter Büschen oder in frisch ausgehobenen Gräbern, das war schon ein Genuss in sich, den sie sehr wohl dankbar registrierten. Trotzdem wälzten sie sich auf ihren Feldbetten herum und fanden keinen Schlaf.

So standen Bogumil und Krasmira nach einer Weile

auf und schlurften müde in Richtung Foyer. Dort saßen in der notdürftig aus Bierzeltgarnituren zusammengezimmerten Kantine einige der Aufseher der Sicherheitsfirma Peter Pastukhy, die darauf achten sollten, dass der Herde der Geflüchteten nichts passierte. Zusammengewürfelt aus aller Herren Länder saßen sie da, aßen in der grünlich schimmernden Dunkelheit das traditionelle Dreikönigs-Kutja, einen süßen Weihnachtsbrei aus gekochten Weizenkörnern mit Walnüssen, Honig, Mohn und Rosinen und erzählten sich Geschichten. Ein geradezu babylonisches Sprachenwirrwarr erfüllte dabei den Raum wie das leise Summen eines Bienenschwarms. Und Gott allein weiß, wie sie sich überhaupt gegenseitig verstehen konnten. Aber ihr gelegentliches kehliges Lachen und ein zufriedener stiller Glanz auf ihren Gesichtern verstärkte den Eindruck der Flüchtlinge tatsächlich in Sicherheit zu sein.

Da strahlte plötzlich ein helles Licht auf. Erschrocken hielten Bogumil und Krasmira schon nach den Suchscheinwerfern etwaiger Spähpanzer Ausschau. Aber die Pastukhy-Leute beruhigten sie und sagten, das könne eigentlich nur eine Fehlfunktion des Hallenlichts sein, denn die feindlichen Panzer seien doch weit weg. Doch dann bemerkten alle, dass der Rest der Sporthalle ja immer noch im Dunkeln lag. Während sie nun noch darüber rätselten, woher das grelle Licht kommen mochte, kamen wie aus dem Nichts einige leuchtende Gestalten die Treppe in den Keller so leichtfüßig heruntergestiegen, dass es schien als berührten sie dabei kaum den Boden. Sie sangen ein Lied, dass die Anwesenden wohl nur in ihren Herzen hören konnten, denn ein Blick hinüber in die Schlafhalle zeigte ihnen, dass alle weiterschliefen. Niemand sonst schien also diesen engelgleichen Gesang zu hören. Vom Frieden für alle Menschen, Opfern wie Aggressoren, erzählten die engelhaften Besucher in ihrem Lied. Und von Befreiungsmöglichkeiten durch das gemeinsame Ausrichten auf eine höhere Idee von Liebe, gegenseitigem Respekt und einer Verbundenheit aller Menschen, die allen selbstsüchtigen Verstand und jede nationale Grenze übersteigen würde.

Als sich Bogumil, Krasmira und die Pastukhy-Aufseher ein wenig beruhigt hatten und die fremden Besucher auch von dem traditionellen Kutja gegessen hatten, erzählten die Leuchtenden den Menschen in der Foyer-Kantine von einem Zeichen der Hoffnung, das sich in dieser Dreikönigsnacht im sogenannten Haustierzelt vor der Sporthalle ereignen würde. In diesem Zelt waren die mitgeführten Haustiere aller Flüchtlinge untergebracht, weil sie nach geltendem Landesrecht nicht bei den Menschen in der Halle sein durften. Von Seuchenschutz und dergleichen mehr war die Rede und dass man das doch bitte verstehen solle. Aber das führte immer wieder zu Spannungen und erneuten Verletzungen, weil die Haustiere den Flüchtlingen ein Stück Heimat und Sicherheit gaben.

Von daher hätten sich Yozef Stolyar und seine hochschwangere Frau Mariya aus der kleinen Ortschaft Zelena-Hilka eigentlich glücklich schätzen können. Weil die Sporthalle bei ihrer Ankunft nämlich schon hoffnungslos überbelegt gewesen war, hatten sie nur noch zwischen den Käfigen im Haustierzelt Unterschlupf gefunden. Und das auch nur, weil der Leiter der Erstaufnahmeeinrichtung Mitleid mit Mariya gehabt hatte und sie unter der Hand nur für ein paar Nächte dort schlafen lassen wollte. Wahrscheinlich hatte er auch einfach nur die Aufregung vermeiden wollen, die eine Geburt mitten in der überbelegten Sporthalle hätte auslösen können. Bei den Tieren war es jedenfalls warm und es roch nach Sägespänen, wie bei den Stolyars zu Hause.

Als Bogumil und Krasmira nun mit den anderen aus der Foyer-Kantine im Haustierzelt ankamen, war Mariyas Sohn tatsächlich schon geboren worden. Sie hatten sich nämlich gleich auf den Weg gemacht, um zu sehen ob an der Geschichte der leuchtenden Fremden etwas dran war. Und wie sie jetzt das Baby so anschauten, da sahen sie es auch. Es war, wie die Fremden gesagt hatten. Es ging ein friedlicher herrlicher Glanz von dem Kleinen aus, der ihre Herzen mit einer unbändigen Hoffnung erfüllte, dass das Leben sich immer wieder Bahn brechen konnte, auch mitten im dunkelsten Chaos.

Und während sie den kleinen Poryatunok, wie ihn seine Eltern nach einem berühmten Nationalhelden genannt hatten, staunend betrachteten, erzählten sie den Eltern was die Leuchtenden in der Foyer-Kantine über das Kind gesagt hatten. Kurz darauf kamen drei weitere Männer in dunklen Anzügen und mit Sonnenbrillen herein. Sie hatten unbemerkt den Weg durch den Hintereingang genommen. Sie stellten sich als Agent Kaspar, Agent Mel'khior und Agent Bal'tazar vor, Analysten einer Spezialabteilung des Geheimdienstes. Laut ihrer Analysen würde dem Kleinen zukünftig eine große Bedeutung beim Wiederaufbau seines Heimatlandes zukommen. Dazu müsse er aber erst einmal seine nahe Zukunft überleben. Denn auch der Präsident der Angreifer hatte Einsicht in diese Analysen gehabt und schon Spezialtruppen ausgesandt, die das Baby töten sollten. Die Agenten Kaspar, Mel'khior und Bal'tazar waren darum mit einem Sikorsky H-19 Chickasaw, einem ultraleisen Transporthubschrauber gekommen, um die Familie heimlich in einem sicheren Drittstaat in Sicherheit zu bringen. Sie hatten, sozusagen als Geschenke zur Geburt, neue Reisepässe, Bargeld und einen medizinischen Notfallkoffer für die Stolyars mitgebracht. Sie legten allen Anwesenden noch dringend ans Herz mit niemandem über das zu sprechen, was in dieser Nacht geschehen war. Dann nahmen sie Yozef und Mariya Stolyar und ihr Baby mit durch den Hinterausgang zu dem auf dem Fußballfeld neben der Sporthalle bereitstehenden Helikopter und flogen los.

Die Stolyars blieben nach dieser Nacht ein paar Jahre in dem sicheren Drittstaat bis sie wieder in ihr Heimatland zurückkehren konnten, weil der Präsident inzwischen gestorben war. Und dann konnte sich das Schicksal des kleinen Poryatunok J. Stolyar zum Segen seines Heimatlandes und weit darüber hinaus erfüllen. Aber das ist noch eine ganz andere Geschichte.

Bogumil und Krasmira jedenfalls hatten mit den Pastukhys, die in dieser Nacht dabei gewesen waren, fortan eine verschworene Gemeinschaft gebildet, die sie den Orden der Druzi Nadiyi nannten. Denn dieses seltsame Ereignis in der Dreikönigsnacht in der Sporthalle ließ sie einfach nicht mehr los und hatte ihnen allen eine neue Heimat in der Verbundenheit ihrer Herzen geschenkt. Und so hatten sie es sich zur Lebensaufgabe gemacht, überall den Samen der Hoffnung auf Leben mitten im Chaos auszusäen. Denn das war doch der tiefere Sinn des Weihnachtsfestes.

Glossar:
Schitniza (ukr) = Kornkammer
Pastukhy (ukr) = Hirten
Stolyar (ukr) = Zimmermann
Zelena-Hilka (ukr) = grüner Zweig = Nazareth (hebr)
Poryatunok (ukr) = Erlösung
Druzi Nadiyi (ukr) = Freunde der Hoffnung

MICKEY WIESE

Timmy und Jimmy feiern Weihnachten

Dieses Weihnachtsfest sollte das erste sein, das wir als junge Familie alleine feierten. Bisher war es üblich gewesen, dass wir uns unseren Eltern und Geschwistern anschlossen. Aber jetzt, wo wir Kinder hatten, wollten wir ein eigenes Fest mit eigenem Baum in unserem eigenen Wohnzimmer feiern. Zugegeben, es fühlte sich merkwürdig an, fast so, als würden wir ein zweites Mal von Zuhause ausziehen. Wir wollten es dennoch. Es war ein Zeichen unserer Reife, so dachten wir, es dokumentierte, dass wir nun wirklich erwachsen geworden waren.

Timmy war etwas über zwei Jahre alt, und Jimmy war gerade geboren worden. Der einzige der beiden kleinen Autisten, der also für ein Weihnachtsgeschenk in Frage kam, so fanden wir, war Timmy. Er liebte Autos über alles, auch wenn er natürlich nicht im herkömmlichen Sinne mit ihnen spielte, sondern sie lediglich betastete und vor allem mit dem Daumen an ihren Hinterrädern drehte. Wir hielten es deshalb für eine gute Idee, ihm ein schönes großes Geschenk zu machen, das irgendetwas mit Autos zu tun hatte. Schließlich war es unser erstes echtes Familienweihnachtsfest, und natürlich sollte es etwas Besonderes sein.

Wir entschieden uns für eine mehrstöckige Spielzeugautogarage, in der Timmy seine Autos herein- und herausfahren lassen oder sie mit einem Fahrstuhl auf die oberste

Ebene transportieren konnte. Sorgsam achteten wir darauf, dass der ältere der Brüder nichts von dem Kauf mitbekam, und wickelten den großen Karton stolz in schönes Geschenkpapier ein.

Unsere Vorfreude auf Timmys glückliches Gesicht wuchs, je näher der Heilige Abend rückte.

Endlich war es so weit! Wir hatten einen lärmigen Gottesdienst mit vielen Kindern über uns ergehen lassen, aus dem Timmy fortwährend flüchten wollte, weil ihm die Lautstärke der Kinderstimmen und die Musik auf die Nerven ging und weil er sich durch die Gerüche der Menschen belästigt fühlte und weil wir ihm die Bedeutung der weihnachtlichen Tradition nicht begreiflich machen konnten. (Um ehrlich zu sein, begannen wir unter diesen Umständen selbst am Sinn der Tradition zu zweifeln.) Schließlich betraten wir erschöpft wieder unsere Wohnung und gingen sofort zum wichtigsten Teil des Abends über: der Bescherung.

Timmy hatte schon herausgefunden, dass das größte Geschenk des Abends für ihn bestimmt war, und konnte es kaum erwarten, das Papier endlich aufzureißen. Wir mussten ihm dabei helfen, denn seine Hände waren noch zu kraftlos und ungeschickt, um es mit dem Klebefilm und dem starken Papier aufnehmen zu können. Dann lag der große Karton endlich vor ihm, und Timmy beäugte ihn argwöhnisch. Ein großes Bild zeigte die Garage in voller Aktion: Autos schienen darauf hinein und hinaus zu rasen, und zwar so schnell, dass sie nur ganz verschwommen zu sehen waren. Unser Sohn blickte uns mit großen Augen an.

„Na", sagten wir, „wie findest du das? Freust du dich?"

„Schokolade?" antwortete Timmy.

„Nein, Timmy, das ist eine Garage für deine Autos! Da kannst du jetzt immer schön deine Autos drinne parken lassen. Das ist ganz toll!" fügten wir energisch hinzu, weil uns langsam dämmerte, dass Timmy sich überhaupt nicht freute. Stattdessen kramte er im bunten Papier herum, das jetzt verstreut auf dem Boden lag, um nach weiteren Geschenken zu suchen. Doch so leicht würden wir uns nicht geschlagen geben. Timmy, so meinten wir, hatte einfach nur noch nicht begriffen, was für ein grandioses Geschenk er da von uns erhalten hatte. Wir mussten es ihm nur verständlich machen, und dann würde er sich freuen, genauso wie wir es vorausgesehen hatten.

Resolut schnappte sich meine Frau die Pappschachtel und öffnete sie. „Komm", sagte sie, „wir bauen die Garage mal auf!"

„Guck mal, Autos", assistierte ich hilflos und deutete auf das Bild der Verpackung, weil unser Sohn doch Autos so liebte und ich inständig hoffte, dass dieser Hinweis seine Laune retten würde.

Aber in der Schachtel befanden sich keine Autos. Nur eine unendliche Vielzahl an quietschbunten Plastikteilchen, die erst zusammengesetzt eine Parkgarage ergeben sollten. Mit zitternden Händen machte sich meine Frau daran, die Elemente zusammenzusetzen, während ich hilflos Ermutigungen und Beschwichtigungen stammelte. Uns war mittlerweile klar geworden, dass hier eine ganz große Pleite drohte.

Als meine Frau schließlich die Parkgarage zusammengebaut hatte und in einem letzten verzweifelten Versuch, den Abend zu retten, mit gespieltem Triumph Timmys Geschenk vor ihn auf den Boden stellte, stieß der kleine Autist einen Schrei aus, packte das kantige Ding und schleuderte es ihr an den Kopf. Das war zu viel. Sie brach in Tränen aus, und es war klar, dass unser Kampf um ein fröhliches Weihnachtsfest für dieses Mal verloren war.

„Scheiß doch auf den scheiß Heiligabend", zischte sie. „Ich will spazieren gehen."

„Aber", protestierte ich, weil ich meine Hoffnung auf ein traditionelles, beschauliches Fest noch nicht ganz begraben hatte, „wir feiern doch gerade unser erstes eigenes Weihnachten! Du kannst doch jetzt nicht spazieren gehen!"

„Mir ist die Lust auf Feiern vergangenen", schniefte sie. „Lass uns rausgehen und bei den Leuten in die Fenster gucken."

Ich sah es ein: Es war zwecklos. Dieser Abend war nur noch dadurch zu retten, dass wir so taten, als wäre es der ganz normale Abend eines stinknormalen Wochentages.

Wir packten beide Jungs warm ein, setzten sie in den großen Doppelkinderwagen, den wir ‚das Schiff' getauft hatten, und durchstreiften schweigend und deprimiert die Stadt. Draußen war es dunkel, kalt und sehr still. Aus den Fenstern der Häuser leuchteten vereinzelt matte Lichter: Kerzen, Lichterketten und anderer üblicher Weihnachtsschmuck. Die frische Luft und die Bewegung taten gut.

„Wer sagt denn überhaupt", dachte ich, „dass diese Leute, die da hinter ihren Gardinen und vor ihren Bäumen hocken, wirklich glücklicher sind als wir?"

Meine Frau wandte sich an mich und hatte jetzt wieder ein leichtes Lächeln auf den Lippen. „Weißt du, worauf ich Lust habe?" fragte sie.

„Nee, worauf?"

„Döner!"

„Leck mich am Arsch", sagte ich fröhlich, „warum eigentlich nicht?"

Wir lenkten das Schiff Richtung Wilhelm-Kaisen-Platz, dorthin, wo unser Lieblingsimbiss war, und bestellten uns jeder einen schönen großen Döner. Im Laden war es uns zu warm, außerdem hatte das Schiff darin keinen Platz, und es war zu umständlich, beide Kinder aus dem Wagen zu hieven. Also stellten wir uns draußen an die Straße, direkt neben einen Stromkasten, und betrachteten das heiligabendliche Treiben unseres kleinen Städtchens. Just in diesem Augenblick läuteten die Glocken der nahen Kirche, die Christmette war gerade zu Ende gegangen. Und so kam es, dass, während wir in unsere Döner bissen, gutgekleidete Damen und Herren wie in einer Prozession an uns vorbeizogen, auf dem Weg zu ihrem Festessen, und uns argwöhnisch musterten.

„Ich komm mir vor wie die heilige Familie", grinste ich mit vollem Mund.

„So was Ähnliches habe ich auch grad gedacht", grinste sie zurück. Dann mussten wir beide lachen. Unser erster eigener Heiliger Abend war nicht gerade vorschriftsmäßig verlaufen. Aber dafür war er unvergesslich.

Gofi Müllers Geschichte ist in veränderter Form auch in seinem eigenen Kurzgeschichtenband "HUCHTING" erschienen (Adeo Verlag), der sehr zu empfehlen ist.

GOFI MÜLLER

Was soll einmal werden?

Ein Nachmittag in adventlicher Stimmung. Kerzen, Zimtsterne und Kakao. Die Kinder fertigen ihre Wunschzettel an, wir Erwachsenen reden über alte Bräuche, blöde und schöne. Wie nebenbei frage ich eins meiner Patenkinder, das gerade pinkfarbene Schal, Mütze und Handschuhe gemalt hat: „Was willst Du denn eigentlich Mal werden?" Und die Kleine antwortet: „Groß!" Da sie es mit einem kleinen Lispeln ausspricht, klingt es besonders bezaubernd. Ich lache sie an und frage weiter: „Und dann? Wenn Du groß bist, was dann?" Sieben Erwachsene sind auf ein Mal gespannt, neugierig und sehen sie erwartungsvoll an. Und die Kleine, sie ist gerade fünf Jahre alt geworden, sagt mit einem selbstbewussten Ton der Selbstverständlichkeit und keineswegs so, als kündige sie ein Geheimnis an: „Eisprinzessin!" Dann winkt sie und geht weg zu den anderen Kindern.

Wir, sieben Erwachsene, wissen nicht, was eine Eisprinzessin ist. Das Wort klingt, als käme es aus einem Märchen. Oder gehört es in den Sommer? Zu Vanille, Erdbeer und Schokolade? Oder doch auf den zugefrorenen See und zum Schlittschuhlaufen?

Da sagt einer von uns: „Ich, ich wollte ja immer Erfinder werden." Heute ist er Anwalt. Und er findet, dass er

schon lange keine Entdeckung mehr gemacht hat, viel zu lange schon nicht mehr. Und das allerdings war jetzt eine Entdeckung und er nahm sich vor, dringend Mal wieder etwas zu erforschen oder zu suchen.

Seine Frau sagte, sie habe, wie viele andere Mädchen auch, Stewardess werden wollen. Sie sei dann aber zunächst einmal von der Schule geflogen. Sie grinst ihren Mann an. Und sie sei Mutter geworden. Aber später sei sie viel gereist. Sie guckt sehnsüchtig aus dem Fenster. Sie sieht so aus, als würde sie sich freuen, wenn ihr gleich jemand einen Tomatensaft anbieten würde.

Der Vater der zukünftigen Eisprinzessin meint, er habe Fußballprofi oder Rennfahrer, aber Hauptsache reich werden wollen. Das ist ihm auch gelungen. Weil er eine von Hause aus wohlhabende Frau geheiratet hat.

Genau die wiederum gesteht uns mit einem Schulterzucken: „Ich war ja immer so supergut in Latein." Aber Latein habe so alt geklungen, nach Vergangenheit. Zukunft aber sei BWL gewesen und so sei sie eben Managerin geworden. „Vielleicht hole ich meinen Cicero Mal wieder raus", meint sie. „Oder ich lese die Weihnachtsgeschichte Mal auf Latein. „Gloria in altissimis Deo, et in terra pax hominibus bonae voluntatis", zitiert sie versonnen. Und fügt gnädiger Weise hinzu: „Ehre sei Gott in der Höhe und Friede auf Erden bei den Menschen seines Wohlgefallens."

Und einer überrascht uns, weil er leise sagt, als wage er kaum, es zuzugeben, er habe Tänzer werden wollen. Pina Bausch, Ballett. Der neben ihm stupst ihn in die Seite und meint feixend: „Du ein sterbender Schwan?" Aber er merkt, dass der andere es ernst meint und schweigt.

Wir sind alle nachdenklich geworden. Was ist, wenn der Kindertraum eines Tages ausgeträumt ist? Wenn wir versäumt haben, zu verwirklichen, was wir eigentlich wollten? Heute ist der Traum-Tänzer ein erfolgreicher Designer. Ist er denn nicht glücklich? Niemand wagt, es in diesem Moment zu fragen.

Und der von uns, dem immer schon alles einfach so zugefallen ist, meint: „Ich bin da, wo ich immer hin wollte." Er sagt es so nüchtern, dass wir alle spontan und wie verabredet beschließen, ihn heute einmal nicht zu beneiden.

Eine wollte eigentlich immer nur singen oder Flöte spielen. Aber Künstlerin sei nun Mal nach Ansicht ihrer Eltern kein Beruf und so habe sie etwas Anständiges gelernt. Da sie nicht berufstätig ist, fragt niemand nach, was das wohl meint.

Wir Erwachsenen gucken in Richtung der Kinder, die immer noch schreiben, malen, verzieren und ihre Wünsche so ernst nehmen. Ich beobachte die Kleine, die groß werden will. Kann man denn wohl Eisprinzessiologie studieren? Und wenn ja, wird sie es tun? Würde ich mein Patenkind dazu ermutigen? Da merke ich, dass die Blicke auf mir ruhen. Ich bin die Letzte in der Runde, die noch nichts gesagt hat. Und ich sage vorsichtig, fragend: „Geschichtenerzählerin vielleicht?" Denn als kleines Mädchen hatte ich meine Puppen und den Teddy aufmerksam in eine Reihe gesetzt, um ihnen Geschichten zu erzählen. Die konnten sich nicht wehren und ich konnte stundenlang meiner Phantasie freien Lauf lassen. In meiner Erinnerung haben sie mir immer gerne zugehört. Ich bin überzeugt, einige hätten sogar hin und wieder zustimmend genickt.

Und weil die Stimmung in diesem Moment ein bisschen so ist wie damals und wir an diesem Adventssamstag alle irgendwie zurück versetzt wurden in unsere Kinderzimmer, zu Fußballschuhen, Bilderbüchern, Träumen und Spielen, ist mir nach Erzählen:

„Ich kannte Mal einen, der hatte erst eine ganze Weile lang, es kommt einem ausgesprochen ewig vor, eine Welt geschaffen. Sterne, das Meer, Kastanienbäume, Rosen, Tannen, Granatäpfel, den Zimt und den Zucker, Schneeleoparden und Menschen. Und dann eines Tages fasste er einen Entschluss, oder fasste sich ein Herz, wie man sagt,

als würde er einem Kinder-Jugendwunsch nachspüren und offenbarte, dass er Zimmermann werden wolle." Ich gucke in die Runde, Entdecker, Stewardess, wohlhabend, Gloria, Tänzer, zufrieden, Künstlerin und frage: „Ihr kennt den doch, oder?" Und sie nicken alle.

Wir reden noch lange: Wurde er groß? Nicht nach unseren Maßstäben. Aber weltberühmt. Erfolgreich? Nicht wirklich. Aber wir bereiten uns zurzeit alle auf seinen Geburtstag vor. Er wurde Zimmermann. Baute Türen für neue Räume. Fenster zum Himmel. Runde Tische, um in Gemeinschaft Brot zu teilen. Er starb viel zu jung, Unvergessen. Er zeigte sogar, dass die Liebe stärker ist als der Tod, fast unglaublich. An einem Samstagnachmittag verdanken wir ihm adventliche Stimmung, jetzt wirklich. Sie geht über Kerzen und Kekse hinaus. Jesus ist ein Kind. Wie die Kinder, die ihre Wunschzettel so ernst nehmen und ihre Erwartungen an das Leben, erinnert er uns an

unsere Träume. Dass er ein Handwerk als Beruf erlernt hat, scheint uns nicht so bedeutend. Weil er vor allem ein Mensch war. Wenn Gott, der Liebe ist, Mensch wurde, kann der Mensch werden, wozu er geschaffen ist: ein Liebender. Das ist uns auf ein Mal das Wichtigste. Das sollten wir dann auch können. Auf ein Mal ist alles möglich.

Die Überlegungen gingen weiter. Und am nächsten Morgen, am Sonntag, erzähltem wir uns, wie die Träume uns nicht losgelassen hatten. Und Jesus selbst uns keine Ruhe ließ mit seinem Wunsch vom Menschwerden und Lieben. Einige beschlossen, Wunschzettel zu schreiben. Mindestens für sich selber. Andere sagten, sie hätten gebetet. Und wir alle freuten uns sehr auf Weihnachten.

CHRISTINA BRUDERECK

DIE AUTORINNEN & AUTOREN

THOMAS KLAPPSTEIN (Hg) ist Theologe und Dipl.-Verwaltungswirt. Freiberuflich aktiv als (Buch-)Autor , Redner (u. a. Hochzeiten sowie Abschied und Trauer – www.zeremonienleiter.eu/ Thomas Klappstein und www.rent-a-pastor.com/Thomas Klappstein), Prediger, Presse- und Öffentlichkeitsarbeiter. Lebt mit seiner Frau Claudia – Sängerin, Musikerin und Musikpädagogin – in Duisburg. Sie haben zwei erwachsene Kinder: Tochter und Sohn. Von ihm wurde u. a. das 7bändige Kurzgeschichtenwerk „Weihnachtswundernacht" im Brendow-Verlag herausgeben. Oder auch Kurzgeschichten bei Rowohlt veröffentlicht. Mit Claudia ist er mit den „Adventlichen Kunstpausen – Lesungen & Musikalische Atempausen" deutschlandweit unterwegs. Kontakt, Infomaterial und Buchungen: ThoKla1@gmx.de

FRANK BONKOWSKI, verheiratet mit Loretta (Musikerin und Sängerin), drei erwachsene Kinder. Nach Thelogiestudium in Deutschland und Kanada (Vancouver), knapp 20 Jahren Jugend- und Gemeindearbeit sowie Gemeindegründungsarbeit an der Sunshine Coast in Kanada, lebt er seit 2005 wieder in Deutschland, in Bad Segeberg, von wo aus er als Referent, Buchautor und Seminarlehrer arbeitet. Zudem ist er in Hamburg als Pastor mit einer halben Stelle in einem innovativen Gemeindeprojekt („Jesus Friends") im Bereich der Nordkirche aktiv. Mehr gibt es auf seinem Blog: www.untenwieoben.de

CHRISTINA BRUDERECK verbindet Theologie und Lyrik, Spiritualität, Kultur und Politik. Spricht und reimt, reist und schreibt. Initiiert immer wieder Projekte für religiös Kreative. Sie liebt das Ruhrgebiet, wo sie in einer Kommunität lebte, und engagiert sich im Gemeinde-Kultur-Projekt, dem CVJM „emotion". Mit ihrem Mann Ben Seipel zusammen bildet sie das Duo „2Flügel". Mehr unter: www.christinabrudereck.de

RAINER BUCK lebt mit seiner Familie in der Schillerstadt Marbach am Neckar. Neben der beruflichen Tätigkeit in der kirchlichen Verwaltung schreibt er regelmäßig für verschiedene Medien kulturelle Beiträge. Zudem hat er drei Romane und Biografien u. a. über Karl May und Fjodor M. Dostojewski veröffentlicht. Sowie Kurzgeschichten in diversen Büchern.

CHRISTIAN DÖRING „snakt geern platt", rezensiert Bücher und schreibt selbst gern Geschichten (z.B. diverse weihnachtliche Kurzgeschichten in den Bänden der „Weihnachtswundernacht" sowie in den „Weihnachtsgeschichten am Kamin" im Rowohlt Verlag) und Gedichte. Vor ein paar Jahren hat er sein Buch „Bibel statt Parteibuch" veröffentlicht. Verheiratet ist er mit Roswitha und lebt mit ihr mitten in einem brandenburgischen Wald. Seine fünf Kinder sind längst flügge geworden, heute betüddelt er fünf Katzen.

ALBRECHT GRALLE, in Stuttgart geboren, studierte evangelische Theologie. Danach verschiedene Anstellungen im In- und Ausland als Pastor und Dozent. Seit 1976

schreibt und veröffentlicht er Kurzgeschichten, Romane und Kinderbücher. Er wohnt mit seiner Frau in Northeim bei Göttingen und hat vier erwachsene Kinder.

MIRIAM KÜLLMER-VOGT ist Pfarrerin und Künstlerin. Sie lebt in Kassel und Berlin. Mehr Infos unter: www.the-ater-zauberwort.de und www.miriamkuellmer.de

THOMAS LARDON ist seit vierzig Jahren als Autor, Herausgeber und Unternehmer im Verlags- und Kunstbereich tätig, besonders in den Bereichen Biografie und Spiritualität. Die von ihm verfassten oder herausgegebenen Bücher wurden über zwei Millionen Mal verkauft. www.lardon.me

GOFI MÜLLER wurde in Bremen geboren und hat in Bielefeld Literaturwissenschaften studiert. Er ist Künstler und Podcaster und lebt in Marburg an der Lahn. Neben einigen Sachbüchern, einem Gedichtband und einem Roman (Tim Tom Guerilla) hat er zwei Musikalben veröffentlicht, auf denen er singt und Posaune spielt. Regelmäßig publiziert er den Podcast ‚Cobains Erben' über Pop, Kunst und Spiritualität. Seine Geschichte ist in veränderter Form auch in seinem eigenen Kurzgeschichtenband "HUCHTING" erschienen (Adeo Verlag), der sehr zu empfehlen ist. www.gofi-mueller.de

FABIAN VOGT ist Schriftsteller, Künstler und Theologe. Wenn er nicht gerade im Berliner ThinkTank „midi" über die Kirche der Zukunft nachdenkt (mi-di.de), mit dem Kabarett „Duo Camillo" (duocamillo.de) auf der Bühne steht oder als Rundfunkautor geistlich Kompaktes zum Besten gibt, taucht er mit Leidenschaft in die grenzenlose Welt der Geschichten ein. Für seinen Roman „ZURÜCK" wurde er mit dem „Deutschen Science Fiction Preis" ausgezeichnet. Mehr unter: fabianvogt.de

MICKEY WIESE ist als patron saint of lost causes ein Fährmann zwischen scheinbar getrennten Welten. Sein ausgeprägtes Charisma der Ambiguitätstoleranz hilft ihm als Event-Pastor, studierter Theologe, Konfliktberater, Jugendarbeiter und Schriftsteller mehr vom weihnachtlichen Mysterium in die Welt zu tragen. Er lebt mit seiner Frau Danny in Frankfurt/M. und hat drei Söhne und zwei Enkel. Mehr unter: www.mickey-wiese.de

Adventliche Kunstpause

Lesungen & musikalische Atempausen
zur Weihnachtswunderzeit

Adventlich-Weihnachtliches-Programm-
Angebot z. B. für Kulturschaffende und
(öffentliche) Kulturinitiativen

Unter der Herausgeberschaft von Thomas Klappstein
sind in den letzten Jahren 7 Bände der „Weihnachtswundernacht" in Folge als Buch im Brendow Verlag
erschienen. Mit neuen Kurzgeschichten, Erzählungen
und Texten unterschiedlichster Autorinnen und Autoren für die gefühlt oft schönste Zeit des Jahres, die
einen bunten literarischen Bogen spannen über die
Ereignisse der Advents- u. Weihnachtszeit. Humorvolle und spannende Geschichten sind genauso vertreten,
wie nachdenklich machende und tiefgründige Beiträge.

Wie bei einem Kaleidoskop entsteht jedes Mal ein anderes Bild im Kopf des Lesers, wenn eine neue Geschichte gelesen wird zum Thema Advent und Weihnachten.
Der Fokus richtet sich jeweils auf einen neuen Aspekt
dieser „Weihnachtswundernacht", die vor knapp 2000
Jahren ihren Ausgang hatte, und bis heute den jahres-
zeitlichen Kalender maßgeblich beeinflusst. Unterhalt-
sam geschrieben, laden die Geschichten ein, die Vor-
weihnachts-, Advents- und Weihnachtszeit mit ihrem

Charme zu genießen und sich auch von der Botschaft der Weihnachtswundernacht inspirieren zu lassen.

Mit den Geschichten und Texten aus den Weihnachtswundernacht-Bänden haben der Autor und die Musikerin und Sängerin Claudia K. seit dem 1. Band jedes Jahr „ADVENTLICHE KUNSTPAUSEN - Lesungen mit musikalischen Atempausen zur Weihnachtswundernacht" in den unterschiedlichsten Locations gestaltet (Bistros, Restaurants, Buchhandlungen und Bücherein, Dekoläden, „Wohnzimmerkonzerten", Kirchengemeinden etc.). Viele Veranstalter haben die „Adventlichen Kunstpausen" in ihrem jährlichen Veranstaltungsangebot fest etabliert. Die (neuen) Texte werden vom Autor ausgewählt und vorgetragen bzw. gelesen und Claudia K. sorgt für die musikalischen Atempausen.

Stimmungsvolle und atmosphärisch dichte Veranstaltungen, die für die Gäste entweder einen stilvollen Einstieg in diese besondere Jahreszeit bedeuten oder für eine kunstvolle Oase im hektischen Betrieb der Advents- und Weihnachtszeit sorgen.

In die wechselnden Programme fließen jedes Jahr eine Textauswahl aus allen veröffentlichen Bänden ein, dazu passende Musik - nicht nur weihnachtlich, aber immer passend (bei denen die Gäste auch oft und gerne mit einstimmen).

Eine „Kunstpause" in der Advents- und Vorweihnachtszeit, die bei den Zuhörern für überraschende, fröhliche, besinnliche und gerne auch herausfordernde Momente sorgen dürfen. Vielleicht auch einmal in Ihrer Region oder Institution? Oder bei Ihnen Zuhause?

Bei Interesse nehmen
Sie Kontakt mit dem Autor
dieses Buches auf:
Thomas Klappstein
Fon: +49(0)203/721428
Mobil: +49(0)174/7642521
Email: ThoKla1@gmx.de

Thomas Klappstein

WEIHNACHTSWUNDERHOFFNUNG

Weihnachten ist unterwegs

Erhältlich in jeder lokalen Buchhandlung oder im Online-Buchhandel!

Keine alltäglichen und vor allem keine 08/15 Geschichten zur wundersamsten Zeit des Jahres. 12 kleine Beiträge zum großen Fest, die es in sich haben. Von einem Autor, der die wundersame Zeit des Advents und Weihnachten einfach liebt.

THOMAS
KLAPPSTEIN

Daß einer
gestorben ist,
heißt nicht,
daß einer
gelebt hat.

Die interessantesten Geschichten
schreibt das Leben –
die wenigsten werden erzählt

— Leben vor dem Tod

Erhältlich
in jeder lokalen
Buchhandlung
oder im Online-
Buchhandel!